U0810671

The realisation of life

诺奖得主人文译丛

生之实现

THE REALISATION OF LIFE

Rabindranath Tagore
[印]拉宾德拉纳特·泰戈尔◎著
王　瑜◎译

The realization of life

北京时代华文书局

目　录

编者前言

这是一套诺贝尔奖得主思想人文类著作的选集，也是我们展示诺奖巨匠思想人文方面成就的一次尝试。

诺贝尔奖设立百多年来，彰奖的各学科巨匠已近千人。这些获奖者除偶有争议，绝大多数都是各自领域的大师，为其学科的发展做出过重要贡献，有一些更堪称学科史上当之无愧的划时代人物。然而，仅仅把这些诺奖得主视为学科中的巨人，未免唐突前贤。其实，他们的洞见与睿智绝非仅体现于自己的学科之内。智慧不分学科，见识超越疆界。这些学科巨匠，偶一涉笔于其他领域，亦往往才华横溢、引人入胜。不领略这些精美之作的风采，于大师们而言可谓理解片面，于我们而言则不免误了几多美妙的风景，少了许多透彻的启发。因之我们编选这套丛书，旨在展示诺奖大师们在思想人文方面的才情妙笔，给读者一席华丽深刻的思想盛宴。

这些诺奖大师，有些本就以哲学思想为业，则他们以其生花之笔为文，不似前代名哲般行文晦涩，而是尽态极妍、引人入胜，为其深刻的哲学思考平添了文学的秀美生动。更多的则致力于自己的学科建设，同时对思想人文诸领域具有恒久深切的兴趣。他们或仰望星空，沉思宇宙奥理；或环顾九州，体恤民生疾苦。纵览历史变迁，则洞悉人类社会嬗变；反思个人遭际，则虑及理想制度建构。然而无论取向如何，他们一例有着深刻的历史洞见、透彻的哲学沉思、悲天悯人的人文关怀以及妙不可言的如椽巨笔。我们精心选取这样的名著佳构编纂为丛书，亦是在强调这些著述，虽则有些已被人们津津乐道，有些尚为译界忽视不彰，然皆不失为诺奖巨匠之鸿篇巨制，值得把玩，亦值得赏读。

在泰戈尔获奖已逾百年的今天，我们敢说真的不是将他看作一位只会写作如童话般纯净的诗歌的诗人，而是将他看作一位书写东方人之为东方人、人之为人的本真生活赞歌的哲人？看作开启自我灵性之门的圣人？看作将人类心灵、精神提升至天堂般纯净、满足境界的导师？我想读者会在文中找到答案。

本书共两部分内容，即《生之实现》与《孟加拉掠影》。前者是 1912 年罗宾德拉纳特·泰戈尔访问美国时的演讲集，后者是泰戈尔 1885-1895 年的书信选集。前一部分的文字重哲思，围绕“证悟”对“梵我一如”的“实现”展开论述，将东方人的智慧形象而诗意地道来；后一部分重慧感，将一草一木、一花一石等卑渺之物作为宇宙存在的最高价值，用多样的情感、浪漫的想象、透辟的哲理来渲染得呼之欲出。

梵我的关系

古希腊文明在城墙的包裹中孕育而成。事实上，所有的现代文明都曾有过各自青砖灰泥的摇篮。

高墙如辙般深深地铭刻于人类的心灵之上。它们在我们的精神世界中设定出一道“分而治之”的定理，并随之成为一种习惯行为的滥觞，即通过加固防御和互相隔离，来保卫我们的战利品。我们分成一个个邦国，一门门学科，还分出自然与人。这种思维在我们的心里植下这样的种子：任何超出我们所筑藩篱之外的事物，都将引起莫大的怀疑，而且万物都不得不艰苦斗争以进入我们的认识之门。

当第一个雅利安入侵者出现在印度时，它尚是一片广袤的丛林大陆，但这批新来者迅速开发利用了这块土地。这片森林为它们提供了栖身之所，以避免太阳的剧烈高温和热带暴风雨的肆虐。此外，还为牲畜提供牧场，为祭祀的圣火提供燃料，为修筑房舍提供材料。而且，不同的雅利安种姓族群及他们的男权首领定居在不同的森林带中，这些森林带在自然保护、充足的食物和水源等方面都有着一些特殊的利用价值。

所以在印度，我们的文明的确是在森林中孕育诞生，并自它的起源和环境便成就了自己清晰显著的特征。它被自然界中勃勃的生命所环绕，被她们所滋养、所塑造，并与她们那多变的性情有着最为亲密和最为频繁的互动交融。

如此的一种生活可能会被这样认为：它有着让人的心智变得幼稚单纯的趋势，并因降低生存标准而贬抑人类进步的激情。但我们发现：古印度的丛林生活条件并没有束缚人的心智，也没有弱化人类的能量之流，而只是指明了一个特定的方向。在与自然界勃勃生机的不断接触中，人的心智得以从他的欲望中解脱出来，而他的欲望本是围绕着所获之物，通过划定界限来扩张他的地盘。人的目标也不再是索取而是证悟，以及通过与周边环境共存共生而扩大见闻觉知。他可以感觉到这一真理四处充盈，即没有什么可以在绝对孤立中存在，并且，接近真理的唯一方法，是让我们的生命深入到与万物的交互体验和感受中去。要领悟人类精神和世界精神之间的伟大和谐，就要对古印度栖身丛林的圣哲们怀有感恩之情。

在晚一些的日子，另一个时代到来了：远古的原始森林让道给用于耕种的田地，富裕的城镇在四面八方纷纷冒出。强有力的王国得以建立，并拥有可以和全世界所有的强大势力进行交往的方式。但是，即便是在物质财富已达巅峰的那些时期，印度人仍然带着恋慕之情，时时回首早期艰苦卓绝的自我证悟这一理想，对隐居丛林修道的俭朴生活的赞誉之情，以及在这些生活中积淀的智慧并从中汲取的灵感。

西方人看似对他们制伏自然的想法颇为自豪。好像我们就生活在一个恐怖可怕的世界中，在这里，我们不得不同那个令人无奈而又万分陌生的事物秩序角智角力，从中得到我们所需要的一切。这种感情就是以城墙式习惯进行心智训练的后果。对一个生存于城市中的人来说，他会很自然地将他精神视域的焦点，集中投射在他的日常生活和工作的方向上，这也造成了自己与他所处的的宇宙二者之间的人为分离。

但是在印度，这种观念是迥然不同的；作为一个伟大的真理，它将人类囊括在世界之中。印度人强调将万物都置于和谐，这种和谐则存在于梵我之间。如果周围事物绝对外在于我们，那么她们会觉得，我们丝毫没有可以和环境交融互动的手段。而男人们对自然的抱怨却是他们不得不竭尽全力，以获取最多的必需品。的确如此，然而他们的努力并不是徒劳的。他们每天都收获颇丰，却又彰显着人类与自然的合理性关联，因为除了真正与我们相关的东西外，我们从来没有谋取任何非分之物。

我们可以从两种不同的观点来看待同一条道路。一种是将它看作这样的东西：把我们与我们所欲求的目标相分离。在这种情况下，我们将行程的每一步，都看作通过强力、直面障碍而获取。另一种是这样认为：将它视作引导我们到达目的地的途径，所以它同样也属于我们目标的一部分。它已经成为我们收获的开端，越过它就能得到它自身上提供给我们的东西。后者正是印度人观物的角度。对印度来说，一个伟大的事实，在于我们与自然处于和谐状态；在于人类的思考与万物处于和谐状态；在于人类可以让大自然的力量为其所用，因为人的力量与宇宙的力量处于和谐状态，并且从长远来看，人类的意图永远不会与天地运行的目的相悖。

在西方，流行的观念认为自然只专属于非生物和野兽，这就戛然生出一道无法估量的裂痕，从此人与自然的分离便开始了。根据这种观点，一切低于生命存在范围的都不过是自然而已，任何体现着完美智慧或道德的，都属于人化自然。这就像把花蕾和鲜花分成两个单独的种类，把它们的美妙置于两个完全不同且对立的原理之上。但在印度人的心目中，他们从来没有表现出丝毫的犹豫延宕，去承认与自然的亲缘关系、与一切外物无法割裂的联系。

宇宙最根本的统一性，对印度人来说，并不只是一种哲学性臆测；确确实实是在她的物我观之下的情感和行动中，证悟到的至伟的和谐。通过冥想和布施，过持戒的生活，印度以一种万物有灵的方式塑造了自己的思想意识。地，水和光，花和果，对于印度来说，都不只是一种物理现象，或是终被采用，或是被弃掷。对印度人来说，它们是达到圆满之理想必不可少的，正如同每一个音符对于和音的完成都不可缺少一样。[①]印度人直觉地感受到，世界的本质性事实对我们的生命有着至关重要的意义。我们必须圆满地生活着，并有意识地与那些事实建立联系。而不仅仅是出于科学上的好奇，或是对物质利益的贪婪。而且要以一种至广至大的喜悦与和平之感，在同情的精神中体悟它。

具有科学头脑的人知道，从某一方面来说，世界并不只是它在我们的感官意识中所呈现的样子。他明白地与水确实是力量的游戏，却向我们展现着地和水的样子，这是怎么回事呢？我们除了去有限地理解外别无他法。同样如此，当人使他的灵性之眼睁开，他就会明白，地和水的终极真理在于我们对永恒

① 这一点类似佛家讲的因缘，即一个人在自己的生命中所遇到的每个人或每件事，对于自己证悟圆满之理想——对佛来说，都是不可缺少的。此圆满理想类似于“梵”，但不同于中国的“命定论”。

意志的理解，而这种永恒意志无时无刻不在运行，并在我们的理解力所达之处具备（显现的）形式。这不仅仅是（自然）科学知识，而且还是灵魂对灵魂的感知。它不会像知识那样将我们导向力，而是赋予我们喜乐，它乃是将万物联成一体的产物。一个对世界的了解不如对科学的了解那样深刻的人，他永远都不会搞明白，具有灵性洞察力的人类，在这些自然现象中所发现的到底是什么。水不仅仅使他的双唇洁净，还净化着他的心灵，因为水触及了他的灵魂。地不仅仅承载着人的身体，还愉悦着他的思想，因为这种接触不是物质的联系——而是一种生命的展示。当一个人没有证悟他与世界的亲缘关系时，他就生活在一个囚牢般的世界中——四面都是陌生的墙。当他在万物中感知到永恒的精神时，他便解脱了，因为他已发现了他诞生其中的那个世界最为圆满的意义；他已在完美的真理中找到了自我，而且他与万物的和谐也得以构建。在印度，人们常被训导要对这一事实高度觉醒：他们与周遭万物（实体的与精神的）有着最为亲密的关系，所以他们向那初升的旭日、潺湲的流水、硕果累累的大地顶礼致敬，就像同样的生命真理的显现也将它们纳入其怀抱。所以我们每天进行冥想功课的文本——《伽耶特黎》（*Gayathri*），便可以被看作将所有吠陀经浓缩的一句真言。我们因它而试图证悟，世界与人类觉醒的灵魂本质上是一个统一体。我们学会了去感知被这一永恒精神[①]所充盈的统一体，它的力量创生了大地、天空、星辰，同时用一种觉悟之光照亮我们的思想，而这种觉悟之光长存并运行在与外部世界不

① 原文为大写，下同。

可分离的连续性中。

印度人绝不会试图忽略不同事物的价值区别，因为印度人知道，这将使得生活不再可能。人类在造物层级中的优越地位这种意识，还没有在她的头脑中缺失，但她对这种优越性的真正组成有她自己的看法。它并不存在于占有的力量之中，而存在于统一的力量之中。无论哪里，只要是处于大自然中并且庄严或美好的地方，印度人都选作朝圣之地，以便使人的心灵不为狭隘的需求世界所束缚，并且能够在无限当中意识到它的所在。这就是为什么在印度，一群曾经嗜食肉类的人全都放弃了以动物为食的原因，这样做是为了培养他们对生命的一种普遍同情之感，这在人类历史上堪称独一无二。

印度人知道，当遇到物质和精神障碍，而与永不枯竭的大自然生命断然分离时；当我们仅仅成了一个人，而且不是一个在宇宙中的人时，我们就会制造许多困惑难解的问题，并且封堵解决的源头。我们尝试着用尽一切人为的方法，但每种方法都只会带来冗长无尽的困难。当一个人离开他在广阔自然中的栖身之处，而行走在人类的独绳桥上时，对他来说，这或是意味着起舞，或是意味着滚落，他不得不无休止地绷紧每一根神经和每一处肌肉，以保持每一步的平衡。然后在他疲倦的间隙，想到他一直遭受万物的计谋带来的不公正待遇时，他就猛烈抨击神的意旨，私心里却感到骄傲和满足。

但这种情况并不能长久持续。人必须证悟其存在的整体性，他在无限中的地位。他必须知道：他的努力可能万分艰辛，但从来都不会有蜗居在巢穴中能酿出蜂蜜的情况，因为生命食粮日用不匮的源头在他们的高墙之外。他必须知道：触及无限如果将自己封闭在与无限富有生气而又纯净的接触之外，他就会因生计和恢复依靠自身，随之会激怒自己而至发狂，再把自己彻底击垮到崩溃，自噬其体并不复存在。失去了整体性作为底蕴，人的贫穷还会丧失一种伟大品格：简朴，并由此而变得肮脏污秽、羞愧难当。他对待财富也不再是慷慨大度，而成了纯粹的奢侈挥霍。他的欲求也不再是提升他的生活品味，而只局限在各种追逐里。他们成了自身的终结者，并在自己的生命中玩火自焚，在血红的烈焰中兀自吹弹。而后，我们以这种自我表现的方式去惊吓人而非吸引人。在艺术中，我们追求着原创而丧失了对亘古不变、万古常新的真理的审视；在文学中，我们错失了对淳朴却又伟大的人的大一统观，但却执着于以心理方面的问题或情欲的具象化，来使“人”得以显现。这种情欲强烈而反常，因为它以一种猛烈、浓艳、矫揉造作的光芒显现而灼人眼目。当人的心识只限定在个体当下的浅近之处时，他本性的深层根基就无法找到其永恒的灵魂。这样，他的精神就时刻处于饥饿的边缘，并以陷溺于刺激来替代健康活力。到那时，人类因未能觉察到自己内在的洞察力，只凭着自身的小天地而不是与无限相接的广阔无垠，来测量自己的崇高伟大；只以位移而不以对完美的皈依来评判自己的行动——这一皈依就是躺在星光闪烁的天幕之下，处于创造之舞时时蹁跹的律动之中。

雅利安人最初进入印度的路线，可以看作欧洲殖民者入侵美洲的缩影。他们同样遭遇到原始森林，以及土著民族的激烈反抗。但是这种人与人、人与自然之间的对抗，一直持续到最后结束，也未有过任何妥协。在印度，土著人栖身的森林成为圣哲们的证圣处，但在美洲，这些大自然伟大的生命教堂对人来说并不含有更深刻的意义。它们给人带来的是财货和自然力，偶尔可能会装点着人对美的欣赏，以及激发某位孤独诗人的灵感。他们从未在心灵中求取一种神圣的整合，来作为某些伟大的精神融合场，使得人类的灵魂与宇宙的灵魂在这里聚首。

我并不是心血来潮，要表明一些事情应该是另一个样子。如果历史以同样的方式，在每一个地方准确地重复自身的话，那么，这将是一种机会的彻底浪费。处在不同地区的人，应该把各自不同的产品拿到人类的市场上，进行精神交往，这是最好不过的，每一种精神对于其他来说都能互补且必要。我更愿意说，所有这一切在印度刚刚起步，便遭遇到各种情况混杂一处的特殊局面，但印度并未错过这一切。就她所拥有的机遇而言，她耽思竭虑，苦行过，受难过，一头扎进存在的深渊而终至有所获。这样的收获不可能不对人们有价值，他们在历史的进化过程中，完全采用另一种方式。人为了自己能够成长得更完美，而去追求构成自己复杂人生的所有生存所需。这也就是为什么食物总是栽培在不同的田地中，并从不同的产地运出的原因。

文明是一个模子，每个国家都忙于制造它，以根据该文明中尽善尽美的理想典范来塑造自己的国民。它所有的机构制度、立法机关、奖惩标准、有意或无意的教化，都指向这一目标。西方的现代文明借助所有机构的努力，最终是要竭力证明人在体能、智力以及道德有效性方面的完美。西方国家把大量精力都放在增强人对环境的超越力度上，为了占有，为了把一切视为可以下手的东西，为了战胜他们在征服道路上所遇到的每一个障碍，人们结成一体，并把各种天赋才能都损耗殆尽。他们以为训练自己去和自然、和其他民族进行战斗，他们的军备日甚一日地让人惊诧；他们的器械、设备、组织都在以惊人的比例成倍增长。无疑，这是一个了不起的成就，是人类知其无碍的征服能力的一次精彩展示，而这种能力的目标就是，让自己成为其他一切至高无上的主宰。

印度的古代文明有她自己尽善尽美的理想典范，一切努力都倾注于这一方向。它不以权力的获取为目标，也不重视培养趋于极端的力量；它不为了防御和侵略而组织人民，不为了攫取财富、逐求军事和政治支配地位而结盟。印度竭力地实现完美典范，是让那些最优秀的人在与世隔绝中过一种静虑的生活，她通过悟入现实的神秘之中而为人类获得宝藏，从世俗成功的角度来看，她付出了高昂的代价。然而，这也是一个崇高的成就——它同样是人类知其无限之理想的一次至高展示，它的目标除“证悟无限”外别无他求。

在印度，有品行端方的人，有聪明睿智的人，有勇敢无畏的人；有政治家，有国王，有皇帝。但在所有这些阶层当中，她最仰慕什么样的人？选择谁作为人类的典范呢？

他们就是仙人。什么是仙人呢？他们在知识中证得最高灵魂而充满智慧，并在与灵魂的“合一”中发现自己与内在的“自我”处于完美的和谐中；他们从一切自私的欲望中解脱出来，在心灵中证悟着“他”；他们在世俗的一切活动中体验着“他”，并已获得寂定。这些仙人确实已经全面触及最高神，他们已经找到了永恒的和平，已经能够与万物合一，已经进入宇宙的生命之中。

所以，证悟到我们与一切的关系，以及通过梵我合一而悟入一切事物之中，在印度被认为是终极的极限和人性的实现。

人类可以破坏掠夺，可以赚钱聚敛，可以创造发现，但他的伟大是因为其灵魂可以包容一切。当人们将自己的灵魂包裹在一个因各种惯常的冷酷行为而僵死的躯壳中时，当他陷入劳作的盲目愤怒的旋涡之中，如同暴风雨前尘土飞扬像要卷走地面的旋风一样时，这是多么可怕的毁灭啊。那样真的会扼杀他的存在的真正精神，即包容一切的精神。从本质上说，人不是他自己的奴隶，也不是世界的奴隶，他是一个爱者。他在爱中自由和圆满，“爱”的别名就是完美无缺的包容精神。在他包容的力量下，在他的生命弥漫之处，他才与赋予他的灵魂以生命的这种遍在的精神合一。一个人通过推搡挤对别人而企图使自己上升到一个显赫的高位，通过傲视他人而显示自己的独一无二，那么他就自绝于这种精神之外。这也就是为什么《奥义书》[1]会将这些已经达到人生目标的人，描述为“宁静的人”（Praçantāh）和“神我合一的人”（Yuktātmānah），这意味着他们与他人、与自然都处于完美的和谐中，所以才能与梵达成寂然无扰的合一。

我们来瞥一眼耶稣训示的同样真理吧，他说：“骆驼穿过针的眼，比财主进神的国还容易呢。”这句话暗示出：我们为了自己而视若珍宝的一切，将我们与他人隔离开，我们所拥有的成了我们的自缚的“茧”。人潜心于聚敛财富，就会逐渐自我膨胀，而不能穿越精神世界包容一切的大门，而这个精神世界是处于

①《奥义书》：婆萝门教的经典之一，音译“邬波尼煞陀”指附在森林书之后解释吠陀奥义的一类书籍。

完美和谐中的世界。这样，他就将自己囚禁在有限的占有物形成的逼仄的墙垣中。

因此,《奥义书》开示的精神是：为了追寻“他”，你必须拥抱万物。在追求财富的过程中，你真的抛弃一切而只去追求小利的话，这就不是证悟完整的“他”的途径。

一些直接或间接受惠于《奥义书》，却远未觉察到自己的债务的西方现代哲学家们，坚持认为印度的梵不过是一种抽象物，它对世俗的一切都进行否定而已。一句话，“无限的存在”除了在形而上学中存在之外，丝毫没有容身之处。或许，所谓的教义一直而且仍然在一部分乡下人中流行罢了。然而，这必然与渗透在印度人头脑中的精神不相符。相反，它是证悟与肯定无限在万物中显现的一种惯例，这种做法成了它那持久的灵感。

我们乐于看到“存在于俗世中被神所包裹的任何东西(Içāvāsyamidam sarvam yat kiñcha jagatyāñ jagat)。”

> “我一次又一次地向火和水中的神躬身致敬，他弥漫于整个世界，藏身在年年成熟的谷物中，也藏身在四季不凋的常青树中。”

Yo dēvō'gnau y'ōpsu y'ō viçvambhuvanamāvivēça ya ōshadhishu yōvanaspatishu tasmai dēvāya namōnamah

可以把神从世界中抽象出来吗？相反，它不仅意味着可以在万物中感知到“他”，而且还要在世界的一切事物中向“他”致敬。《奥义书》中具有神的意识的人对宇宙的态度，就是一种深深的仰慕之情。他的崇拜对象在处处。这是一个让一切实在都真实存在的、活的真理。这一真理不仅是关于知识的，还是关乎信仰的。“南无南无”——我们处处向“他”，致敬，一次，又一次。这也可以在仙人的情感爆发中得到认同，他们在一种突如其来的兴奋的迷狂中，向着整个世界致辞道：

“听我说，不朽精神的儿子们，你们在诸天居住，我已经认识了那个至高无上的人，他放大光明，穿透黑暗。”

Çrinvantu viçve amritasya putrā ā ye divya dhāmāni tasthuh vedāhametam purusham mahāntam āditya varṇam tamasah parastāt

在没有丝毫暧昧或被动痕迹的地方，难道我们不能找到一种直接而积极的体验所带来的、压倒一切的喜乐吗？

佛陀发展了《奥义书》进行教化的实践方面，他在讲经布道时传达着同样的信息：万事万物，上下四方，身旁天外，可见非见，唯有戒嗔恨戒杀欲，方可与终极之爱相友好。直至入梦，一生立、坐、行、卧当常存此意，即四无量心。换句话说，即在梵的精神中生活、行动，才有你的喜乐。

那种精神是什么呢？《奥义书》说道：“它的本质就是光明和一切生命，就是宇宙意识，就是梵（Yaçchāyamasminnākāçē tējōmayō'mritamayah purushah sarvānubhūh）。”唯有“他”的精神觉察一切、感知一切。我们的肉体和灵魂淹没在“他”的意识中。太阳吸引地球是通过“他”的意识，光明得以从一个星球向另一个星球传递也是通过“他”的意识。

这种“光明和生命，这个感知一切者”不仅充斥太空，而且“充斥我们的灵魂”。“他”遍知宇宙或世界之外，“他”也遍知灵魂或世界之内。

所以，为了获得世界意识，我们必须将我们的感官感觉和那种遍在的无限感觉合为一体。事实上，只有伴随这种感觉范围的拓宽，真正的人类进步才会同时发生。我们所有的诗歌、哲学、科学、艺术和宗教，都为着将我们的感知推向更高、更广的境界而服务。人不是通过占据更广泛的空间来获取权利，也不能通过外部的行为获取，权利只会向着他所能实现的地方尽可能地延伸。而他的心识所能达到的境地，就是他所能实现的境地。

尽管如此，我们不得不为获得心识的自由而付出代价。这一代价是什么呢？就是把“自我”放逐出去。我们的灵魂只有真正地否定自身才能够证悟自身。《奥义书》说：“唯有舍才能有得，你不能贪婪。”《薄伽梵歌》告诫我们：公正无私地劳作，为了结果而放弃一切欲念。很多不了解的人从这种训导中得出结论说，宇宙这一概念就像很多非存在之物一样，植根于印度人在布道时所谓的“无偏无党”。但答案正相反。

只以自我膨胀为目标的人，就会轻贱其他一切。与他的自我相比，世界上的其他东西都是非真实的。所以，为了对一切现实存在全面觉知，人必须从他个人欲望的镣铐中将自己解放出来。我们必须践行这一原则，为我们的社会责任做好准备——即与同胞共同承担任务。为了追寻更广阔的生活的每一种努力，都要求人们“唯舍才能有得，且不可贪婪”。所以，人类的奋斗就是让一个人与一切结为一体的这种意识逐渐扩大。

在印度，无限不是缺乏内容的非存在物，不是无物的虚空。印度的仙人断然强调道：“在生命中知晓‘他’则真实不虚。在生命中不能知晓‘他’则如死一般孤寂。”不仅在自然界，而且在家庭、在社会、在国家、在一切中，我们证悟的宇宙意识越多，对我们越好。如果没能证得它，我们就面临着毁灭。

在遥远的过去，我们先知般的诗人站立在印度的天空之下，阳光如挥霍般遍洒，他们认识到了自己与世界的同根同源，带着这种愉悦向它躬身致敬。有一次，我证得了这种境界，顿时有一种伟大的喜乐和对人类未来的崇高期望充斥全身。它不是神人同体的幻觉，不是在被荒诞地夸张化的形象中看见了处处映现的人，也不是在光影翩跹的自然舞台上，目击人类的戏剧正在大规模上演。相反，这意味着对个体界限的超越，不再是一个单体，而成了一切的一。这不仅仅是一场想象力的戏剧，更是心识得以从自我的神秘化和夸张化中脱离后的自由。这些古代的先知们，在他们心灵的深度宁静中感受到：在世界无穷尽的物相中，回荡和流淌着同样的能量，它如同意识一般在我们的内在宇宙中显现，而且它不可分成单元。对于这些先知们来说，在他们的完美的深彻洞察中，并不存在不可到之处。他们甚至从不认为死亡本身会在现实世界中造成人天之隔。他们说道："'他'映照出死亡，也映照出不朽（Yasya chhāyāmritam yasya mrityuh）。"他们也不承认生死之间有本质的对立，因此他们断然肯定地说："生即死（Prāno mrityuh）。"他们以同样喜乐的安宁，向"生命业已显现的和已然背离的"问好致敬——"在生命中过去只是隐没，它还会到来。"他们知道，相与非相只是表面现象，正如海面上的浪花一样，但永恒的生命不生不灭、不增不减。

"一切都起源于永恒的生命并与生命相摩荡（Yadidan kiñcha praņa ejati nihsritam）"，因为生生不易（Prāno virāt）。

这就是从我们的祖先手中继承的珍贵遗产，他们一直都在等待，让我们视它如我们自己所拥有一样进行呼吁，这也是心识至高自由的完美典范。它不仅仅是理性的或感性的，还有着伦理基础，并且必然会转化为行动。《奥义书》中说道："最高存在是遍在的，所以'他'是万物内在之善（Sarvavyāpī sa bhagavān tasmāt sarvagatah çivah）。"为了使得知识、爱与布施一切众生真正结为一体，在遍一切处的"梵"之中证悟一个人的自我，就是善的本质，这也就是《奥义书》训示的主旨："生生不易（Prāṇo virāt）！"

灵魂之识

我们已经了解到，古印度人渴望在“梵”——这一遍知和遍在的精神之中生存、行动，并通过把梵这种意识的范围扩展到全世界而在梵中获得快乐。但可能有人会强调，这是一个对人类来说不可能完成的任务。如果心识的扩展是一个向外延伸的过程，那么它将永无止息，这就像试图用勺子舀干海水而穿越大洋一样。想以实现一切为始，就必然以无所实现为终。

但在现实中，听起来这并不荒谬。人每天都要解决开阔眼界和调整责任的问题。他的责任如此繁多，以至于不堪承受，但他知道，采取某一系统就可能减轻他的负荷。任何时候，只要觉得过于复杂和行动不便，他就知道是因为一直没能触碰到这一体系，它可以让一切各得其所，并将重担均匀分配。对这一体系的寻找就是对统一性、对综合体的寻找。我们也试图通过内在的调适，将外物合成的复杂性和谐化或协调化。在寻找的过程中，我们逐渐意识到：找到“太一”，就能拥有一切，而且它确实是我们最终的也是最高的礼遇。如果我们仅仅要了解它的话，那么它就是以统一性原则为基础，一旦了解便成了我们持久不灭的力量。这种富有生命力的原则便是真理之中的力量，对这种统一性原则的真理理解有着多样性。事相可以有多种，但真理只有一个。动物的智力可以了解事相，人类的心灵却有直取真理的力量。苹果从树上落下，雨滴落到地面——你可以用这样的事实来丰富你的记忆，却永远不能抵达终点。可是一旦你掌握了万有引力定律，便可以省掉无休止地收集事实的必要。获取一条真理，便掌握了无数事实。发现真理便是人类最纯粹的喜乐——他的心灵的一种真正解脱。单纯的事相如一条盲目的小径，只能导致重复自身，因为它无所超越。但是一条真理如同开辟一片新天地，为我们开启无限之门。这就是为什么当有像达尔文这样的一个人，发现了关于生物的某些简单而普遍的真理后，事情便不能止步不前，而是如同一盏点燃的蜡烛将火苗洒到远离它的目标之上一样，它照亮了人类生存和思想的整个领域，远远超出了最初的意图。所以当我们在钻研所有事相的时候，会发现真理并不仅仅是事相的叠加——它超越一切事实而直达无限的实在。

在意识领域正如在知识领域，人必须清晰地认识到某种关键性的真理，这种真理可以赋予他一种观照视角，来尽可能地统摄最为宽广的领域。这也是《奥义书》在说到“洞晓你自己的灵魂”时所持观点的目的所在。或者换句话说，证悟在每一个人之中的统一而至高的原则。

我们所有自大的冲动、自私的欲求，染污了我们灵魂的真实视线。因为那一切仅仅指向我们狭隘的自我。当我们意识到自己的灵魂时，便触及内在世界，它超越自我本位并与万物处于更圆融的友好关系之中。

当孩子们开始学习字母表上每一个孤立的字母时，会觉得索然无趣，因为他们还不能领会课程的真正意图。事实上，尽管要求我们把注意力只放在那些字母自身，但正像是只注意孤立的事物一样，我们昏昏欲睡。只有当它们组合成语句并表达某种思想的时候，才能成为我们快乐的源泉。

同样，当我们的灵魂不再完整，并且被禁锢在自我眉睫之前的范围时，它就失去了意义。因为它的本质的确在于整体性。只有在与他物合一时，才能找到灵魂的真谛，唯其如此，那时才拥有喜乐。只要人未曾发现自然界中这种一致的规律，就会陷入困境并生活在惴惴不安中；直到那时为止，世界对他来说仍然是陌生的。他所发现的规律是且仅是对和谐的感知，这种感知在人类灵魂的理性与世界的造物之间运行着。它就是将二者结合的纽带，人通过它与自己生存的世界相联系，一经发现就顿感喜乐倍至，因为直到那时，他才在天地之中证得自我。要想把某物搞懂，就要在我们拥有的事物中去寻找它，但确实是在我们之外发现“我们自己”，才让我们兴奋不已。这样理解的关系是片面的，但爱的关系却是全部。在爱中，分别之念荡然无存，人类的灵魂得以在完美中实现其目的、超越自我的局限而臻达无限之堂奥。所以，爱是人可以获取的无上极乐，唯有凭着爱才让人真正明白我不单单是我，而与一切合为“一”。

这种内在于人的灵魂中的整体性原则，首先在于它时时都是活泼泼的，并且通过文学、艺术和科学、社会、政治及宗教来建立广泛而深刻的联系。那些为了人类的大爱而舍弃小我，让灵魂的真实内涵得以彰显的人，就是我们伟大的先知。他们面临诽谤迫害，身受贫困死亡，却依然布施着爱。他们以灵魂为生命而非活在自我当中，因此而向我们证明了人类的终极真理。我们称他们是“Mahātmās”——“有着伟大灵魂的人”。

据传，一部《奥义书》中说：“不当因爱欲而爱你的孩子，当因爱你的灵魂来爱他（Na vā arē putrasya kāmāya putrah priyō bhavati, ātmanastu kāmāya putrah priyō bhavati)。”其意义就在于，无论我们爱着谁，都可以在最高意义上从他的身上找到我们的灵魂。我们存在的终极真理就在于此。“Paramātmā”，超灵——至高无上的灵魂，在我，也在我的孩子，“我乐着孩子的乐”正是这一真理的实现。这一事实司空见惯，然而一念及此却又妙趣横生。所爱的喜怒哀乐，也是我们的喜怒哀乐，甚至有过之而无不及。为什么会这样？因为在他们身上，我们变得更强大；在他们身上，我们触碰到了涵容整个宇宙的至大真理。

我们把爱给予我们的子女、朋友或其他爱着的人，却阻碍着我们的灵魂证悟更高境界，这种事情通常都是如此。无疑，爱拓宽了我们心识的范围，但它又对灵魂的自由延伸设限。然而这只是第一步，所有的奇迹却都在于这一步。它向我们昭示着灵魂的真正特质。从这里我们清清楚楚地知道，舍弃个人本位的自我并与其他合一，才是我们最高的喜乐。这种爱赐予我们一种新的力量和洞察力，并且使美的精神扩展到我们在它四周设立的界限。但如果这种限制丧失灵活性，爱就会中止行动，同时那种僵化会冲击爱的精神。届时，我们的友谊就会变得排外，我们的家庭就会自私自利、孤独冷漠，我们的国家就会与世隔绝，并以敌对好斗的态度对待其他民族。这就像在一个四面禁闭的围墙内放了一盏点燃的灯，它光芒四射地燃烧着，直到毒气越积越多，火苗也终至熄灭。然而，在它奄奄一息之际，仍然证明了这个真理：自由之乐是从自己沉湎的黑暗、盲目、虚无和冷漠中解脱。

根据《奥义书》所讲，通向宇宙意识、神的意识的关键，在于灵魂的意识。知道我们的灵魂应在自我之外，是实现最高解脱的第一步。我们必须绝对肯定地清楚：我们在本质上是精神性的。这一点我们可以通过战胜自我来做到，通过戒骄戒贪戒惧来做到，通过明白这一点来做到：尘世的得失和生理的死亡，除了真理和灵魂的伟大之外什么都不能带走。一只雏鸟在啄破自我中心主义的蛋壳的隔离后，它才知道将它长期包裹起来的坚硬的壳，其实并不是它生活的一部分。蛋壳只是一个僵死的东西。它不会生长，不会让它向除蛋壳之外的任何东西哪怕投上一瞥。无论它可能有多么完美圆润，都必须给它一击使它爆破，进而让阳光和空气得以自由出入。这样，鸟的生命的所有目的就达到了。在梵语中，鸟也被称作二次生命。那些至少经历过十二年时间，进行自我克制和高度冥想修炼仪式的人，也被这样称呼。他们少私寡欲，心地纯洁，并准备好用无私无亲的包容精神来担负人生的一切责任。这样的人从自我盲目的封锁中走向人生灵魂的自由，因此被认为是获得了自我的重生，与他所处的环境中的一切建立了充满活力的关系，并与万物合而为一。

我警告过我的受众们，但必须再次警告他们，要反对这种想法：印度的导师们宣讲舍弃自我和世界，只会导致大否定之下虚空的虚空。他们的目标是灵魂的证悟，或者换句话说，在完美的真理中得到世界。当耶稣说，“温柔的人有福了，因为他们必承受地土”，他的意思便在此。他宣告了这一真理：人去除自负的时候，才会进入自己真正的领地。他无须再为他在世界中的地位去闯出一条路，依靠他灵魂的永恒权利，他处处都是安全的。自负会干扰灵魂的正常功能，这种正常功能可以通过与世间万物及万物之神的完美合一而证悟自身。

佛陀在对萨度·辛哈（Sadhu Simha）开示时说："这是真的，辛哈，我谴责行动（业），但只是那些因恶语、恶念、恶行导致罪过的行动。这是真的，辛哈，我宣示断灭，但只是断灭傲慢、贪欲、罪恶和愚痴，而不是断灭宽恕、爱、慈悲与真理。"

佛陀所宣示的解脱教义，正是从无明（Avidyā）的束缚中解脱出来的自由。无明是一种愚痴，它染污了我们的心识，并企图将他局限在个人自我本位的畛域中。确实是这种无明，这种愚痴，这种心识的局限，造成自我的严重孤立，从而在追寻自我的过程中成为滋生一切傲慢、贪婪和残忍的温床。人在熟睡的时候，他也就被禁闭在自己肉体生命的有限活动中了。他活着，但他不知道自己的生命与环境之间多变的各种关系，所以他并不自知。因此，当一个人生活在无明中时，他就把自己禁锢在自我之内了。这是一种精神的休眠：他的心识不再对自身所处环境中的最高实相保持充分觉解，所以他就不会明白自己灵魂的证悟。举例来说，当他证得"Bodhi"（菩提，即觉醒），从自我的休眠状态觉醒，并进入心识的圆融，那么他就成了佛。

我曾经在孟加拉的一个村庄，遇见了某教派的两位修行者，我向他们问道："能否告诉我，贵教的特殊之处以什么方式存在？"其中一位沉默片刻后答道："这很难定义。"另一位却说："不，这非常简单。我们这样来理解它：首先，在我们的精神导师的指引下，洞悉我们所拥有的灵魂。当我们力行之后，才能找到'他'——至高无上的灵魂，他就在我们之中。""为什么我们不向世界人民来宣示你们的教义呢？"我问道。"无论谁感到口渴时，都会到河边来的。"他回答。"但是，你们发现了吗？他们来了吗？"那人莞尔一笑，没有一丁点儿急躁或焦虑，用肯定的语气说："他们一定会到来的，一个人，乃至所有人。"

是的，他是对的，这位孟加拉乡村淳朴的修苦行者。人的确会广泛满足自己远非衣食的需求——在自我之外寻找自我。人的历史，就是在证悟自己永恒的自我——灵魂的过程中，探索未知旅程的历史。历经帝国的兴衰沉浮，历经积聚如山的财富却又无情弃掷如尘土，创造硕大无比的象征物来承载梦想与抱负，却又像幼年时期过时的玩偶般丢弃不顾。以"十年磨一剑"的艰辛，淬炼出能开启造物之神秘的钥匙，却又将这经年累月的劳作扔在一边，重起炉灶打造一种新的样式。是的，经过这些历程，所有的人都从一个时代到另一个时代，向着灵魂圆满证悟的方向挺进。这一灵魂比所有人类积聚的物质、完成的行动和构建的理论都更多、更强、更深刻。这一灵魂前行的历程，永远都不能以无声无息或灰飞烟灭来衡量。人类的种种失误，都不会是微不足道或不值得借鉴，他们用异常巨大的废墟来铺垫自己的道路；他们的苦难水深火热，如同分娩一个壮硕的婴孩时彻骨的痛。这只是一个漫无涯际的实现过程的序曲。人以各种各样的方式，在经受着磨难，并且还将经受着磨难，他们的风俗习惯如同自己所建的圣坛一般，种类眩目，数量惊人，让自己在日常生活中献祭。如果他不能在这一过程中，感受到灵魂深沉喜乐的话，那么所有那些习俗就是毫无意义并且无法忍受的，那些事情以受难来力行其神圣的力量，以舍弃一切来佐证它永不枯竭的财富。是的，他们正在到来。那些朝圣者们，一个，所有——向着大千世界他们的真正遗产而来；他们总是在扩大自己的心识，始终在追寻愈来愈高的统一，不断在趋近那遍知遍在的唯一的中心真理。

人类的贫穷会深不见底，其欲望也会无穷无尽，直到他对自己的灵魂真切地意识到的时候。从那一刻开始，他的世界便处在一种汩汩的暗流涌动之中——这是幻觉，却也不是幻觉。对一个已经证悟了灵魂的人来说，存在一个宇宙的枢机，万物都围绕着他而各安其居、各得其所。唯有他才能由此感召与体味一个和谐人生的荣宠。

当地球仍处于混沌状态时，已经有粒子借助热的膨胀力量向远处喷射了。当时地球不仅仅是面目未定，而且缺乏美感，又不知向何处去，炽如烈焰，动如惊兽。渐渐地，当地球在某种力量的作用下，竭力把离散物汇聚在某一中心的控制之下，并把蒸汽逐渐凝缩成完整的水滴状时，她就已经在银河系的星球中占据了自己应有的位置，如同一粒翡翠镶嵌于钻石项链一样。我们的灵魂也是如此，当盲目的冲动与激情，以高速高热喷射向四面八方时，我们既未真正给予，也未真正收获。但是当我们以自我克制的力量、以化一切冲突为和谐的力量、以统一切背离为整体的力量，在自己的灵魂中找到中心时，我们所有孤立的印象都会随之“损之又损”，以至于智慧[①]，那时所有片刻的心灵冲动，都会在爱中找到它们的圆成之性；人生中所有的精彩细节，都随之显现出一种永无极限的意义；所有思想和行为，都在一种本质的和谐中不可分割地融为一体。

《奥义书》高度强调道：通晓那“一”，那灵魂（Tamēvaikam jānatha ātmānam）。它是通向永生的桥梁（Amritasyaisha

① 《老子》：“为学日益，为道日损。损之又损，以至于无为。无为而无不为”与此有相近之处。但《老子》中的主体是隐没的，本文的主体是灵魂。

sētuh)。

这就是人类的终极归宿——寻找“一”，它在追寻者之中；它是追寻者的真理，是他的灵魂，是他开启灵性生命的大门——天国之门的钥匙。人类多欲多求，疯狂追逐着世界上那些不断流变的物质，因为个中才有他们的人生和使命。但在他身上的“一”，时刻在渴求归一——归一于知识，归一于爱，归一于意志的方向。只有它处于永恒的“一”并与无限合而为一时，才会实现最高的喜乐。所以《奥义书》这样说道：“唯有这些安宁的心灵而非其他，通过在灵魂中证悟一种本质存在，它以多样的形式显现自身，这样才能得到永恒的喜乐（Ēkam rūpam bahudhā yah karōti * * tam ātmastham yē anupaçyanti dīhrāh, tēshām sukham çāçvatam nētarēshām）。”（英译者注：上述孟加拉语中的 * 在最初的版本中就有，这里一仍其旧。）

通过世间万物的多样性，我们之中的“一”将个体的“一”笼入万物的进程中。这是灵魂的天性使然，也是灵魂的喜乐所在。但是，如果灵魂自身不具备一种光明，那么这条僻静、幽微的小道，就永远不能到达目标，因为这种光明可以使它在刹那之间，也能捕获到追寻之物的景象。在我们的灵魂中，那至高无上的“太一”，它的目光迅捷而直觉，根本不依赖任何推理或论证。我们的眼睛可以很自然地将一个物质看作一个整体，不会将它拆成部分，但我们自己却用所有的部分来凑成一个整体。我们灵魂意识的直觉也是如此，它很自然地在至高无上的“太一”中全面地证悟它的统一。

《奥义书》如是说道：“在宇宙的活动中显现自身的神性，一直作为至高的灵魂，居于人的心灵。借助心灵的当下摄受[①]而证悟灵魂的人，就能亲获永恒（Ēsha dēvō vishvakarmā mahātmā sadā janānām hridayē sannivishtah. Hridā manīsha manasābhiklriptō ya ētad viduramritāstē bhavanti）。”

他就是“毗首羯磨”[②]。它向外显现在大自然纷繁复杂的多样性和作用力中，向内则处于我们的灵魂并存在于统一性中。所以在自然领域，我们借助科学的分析和渐进法来探求真理，但灵魂对真理的知解则因当下的直觉而顿悟。我们无法通过点滴的序列式知识积累来获得至高的灵魂，即使这种积累永无穷尽，因为他是“一”，他不是由部分所拼凑。我们只能以心传心、以灵通灵去知晓它。在舍弃自我并与他面对面站立时，我们才能在爱与喜乐中知晓它。

那些从人类心灵生出的最为深沉和虔诚的祝祷文，一直在用古老的言语述说着：“哦，你自为的‘一’，显现你于我之中吧！”我们生活于痛苦之中，因为我们是因自我所创造——自我偏执而狭隘，也不能映射光明，因此它对于无限茫然不见。我们的自我不和谐地大吼大叫——它不是调好弦的竖琴，琴弦随着永恒的乐声震荡着。不满的叹息和败北的失意、对过去碌碌无为的悔恨和对未来的焦虑，正在蚀噬着我们浅薄的心，因为我们尚未找到我们的灵魂，而自显的灵性依然未在我们之中显现。所以我们呼喊：“噢，你这神圣不可犯的‘一’呀，用你一直以来乃至永远如此的慈悲笑容，拯救我吧（Rudra yat tē dakshinam mukham tēna mām pāhi nityam.。”这种扬扬自得，这

① 佛教术语，即以慈悲心收取和护持众生。

② Vishvakarma，音译，帝释天之臣，化作种种工巧物，又司建筑。

种贪得无厌，这种占有的狂傲，这种心灵的怠慢疏离，都是包裹木乃伊的裹尸布。“噢，楼陀罗，你这凛然难犯的神啊，将这阴暗的障蔽物撕做两半，让你慈悲的笑透出的拯救之光，直击那冥晦的夜而唤醒我的灵魂吧。”

“妄引导我走向真，从黑暗走向光明，从死亡走向永生（Asatōmā sadgamaya, tamasōmā jyōtirgamaya, mrityōrma mritangamaya）。”但一个人如何能够期望祈祷文应当如此呢？无限就是在真理与非真理间、死亡与永生间存在的距离。然而，一旦自为的“一”在灵魂中显现自身，这一不可测量的天堑便瞬间“一桥飞驾”。奇迹随之发生，因为有限与无限在此聚首碰面了。“父啊，彻底扫除我所有的恶吧（Vishvānidēva savitar duratāni parāsuva）。”因为在恶中，人支持自己的有限与他的无限相对抗。灵魂会被自我所击败。这是一个危机四伏而获胜无望的比赛，在该比赛中，人类要拿他的一切为赌注，只为了部分收获。恶是真理的污垢，因为它遮蔽了我们心识的清净。在恶中，我们纵欲图乐，不是因为它们确实值得，而是因为激情的炽热火焰使它们显得有价值；我们渴望某个东西并不是因为它们自身的伟大，而是因为我们的贪婪夸大了它们而显得至伟至大。这种夸大，这种观物的假象，从方方面面打破了我们人生的和谐。我们丧失了价值的真正标准，而生活中多变的各种兴趣因争斗而生发的邪知邪见，又令人心神狂乱。想要将人类天性中的所有部分都置于统一性之下，并接受“太一”的统治，但是却失败了，确实是这种失败导致人类感受到与神的轰然分离，随之产生那最虔诚的祝祷文——“神啊，父啊，彻底扫除我们所有的恶（Vishvāni dēva savitar duritāni parāsuva）。”“赐予我们善吧（Yad bhadram tanna āsuva）”，它是我们灵魂每天的食粮。在享乐中，我们被自我禁锢；而在善中，我们解脱了，我们归属于一切。正如同还在母亲子宫中的胎儿，通过将他的生命与母亲那更广阔的人生合一，由此而获得营养，我们的灵魂也从善当中摄取养分。而这种善乃是对灵魂固有的亲缘关系的体认，是与围绕和养护他的无限沟通交融的渠道。所以有人这样说道：“饥渴慕义的人有福了，因为他们必得饱足。”这是因为正义是灵魂的神圣食粮，除此之外，无物让他充实，唯有正义让他生存于无限的人生中，唯有正义会帮助他的人生朝着永恒而成长。“那至高的善啊，我们因那人生中的乐都来自于你，而向你俯伏敬礼（Namah sambhavāya）。”“我们因那灵魂中的善都来自于你，而向你俯伏敬礼（Namah çankarāyacha）。”“我们向你俯伏敬礼，因为你是善，是至善（Namah çivāyacha, çivatarāya cha）”，我们处于你之下而得与万物合一；在和平与和谐之下，在慈悲与爱之下，也是如此。

人类呼喊着要达到最完善的自我表现。正是这种想要自我表现的欲望导致他去追逐财富和权力。但是他必定会发现：渐进不是证悟。是内在的光明引领它，而不是外物。当这种光开始放大光明，他瞬间就会知道：人类的最高启示，就是在自己之中的神的启示。他的呼喊应是为此——他的灵魂的显现，即是灵魂中神的显现。人就成为至善的人，并获得了最完美的自我表现。当他的灵魂在无限的存在中证悟自身的时候，因为无限的存在即“神（Āvih）”，他的本质正是表现。

人类真正的痛苦，在于他不能完全地呈现自己这一事实，在于他的自我模糊不清，因此在自己的欲念中丧失自我。他不能够超出个人的环境之外去感受自身，因此把更伟大的自我盖覆，使得他的真相无法被认识到。所以，从他全部的存在中产生的祝祷文念道："您是显现的灵啊，请您在我之中显现。"这种对自我完美表现的渴慕，深深地植根于人类的本质，远胜过机体生存时饥而欲食，渴而欲饮，以及对财富和荣誉的贪欲。这种祝祷文不仅诞生于个人，而且存在于万物的深处，内在于他的神（Āvih）——那永恒的显现之灵不断催促他。万物不息，就是无限之于有限的神谕，并不在繁星闪烁的天幕之下，而是在花朵的美好中，让人得见它的完美。它在人类的灵魂中，因为它将寻求在意志中显现为目的，让自由以舍弃自由来赢得最终奖励。

所以，伟大的宇宙之王的确并未因其高高在上，而使人类的自我受到障蔽，他一直都给其自由。在"他"的物质和精神机体中，人类和自然紧密相连，并且不得不接受他的"王"的规则，但在人的自我中，人可以自由地脱离与"他"的关系。正是在此处，我们的神必须成功入内，他是以嘉宾的身份到来，而非一位君主，所以"他"会一直等待着人的邀请。神确实是从人类的自我处收回了自己的圣谕，因为"他"去到那里是为了获致我们的爱戴。"他"的武装力量，大自然的法则，都在门外待命。而唯有美——"他"爱的信号，能在"他"的辖区内大行其道。

只有在这个意志的领域里面，无政府主义者才有空间；而只有在人类的自我中，非真理与非正义的争端嘈杂才占据统治地位。而在万物经历至此处时，我们便会因痛苦而呼喊："神明若在，定不容此群魔乱舞。"是的，举头三尺有神明，"他"耐心地注视，无处不至。而在那些将他拒之于门外的地方，“他”从不擅自入内。因为我们所拥有的自我，必须获取它的终极意义，这就是我们的灵魂，它不是凭借神的力量的冲击，而是凭着爱，所以他将与神在自由中合一。

他挺立在人类的面前，如同人类的一朵至高无上的花，精神已与神合二为一。此时人类知道了自己在真理中是什么样，因为在人的灵魂中，神（Avih）得以向人显现，如同神给人的最完美的启示一样。因为在此，我们看到了至高无上的意志与我们的意志合一，我们的爱与永恒不变的爱合一。

所以，在我们的国家，真正爱戴神的人会经常得到人们的恭敬，这在西方几乎被认为是渎圣的。我们在爱神者中看到了神的愿望得以达成，阻碍“他”显现的至难之事全都得以清除，属神的完美喜悦在人性中得到圆满绽放。我们因着爱神者而发现了人类的整个世界，以一种神圣的淳朴而伸衍。他的人生因神的爱而辉煌，也映得我们一切世俗的爱光华灿烂。我们人生中所有的密切交往，一切苦乐经历，都围绕在这一神圣之爱显现的周围，并在他的身上目睹了这一戏剧的形成。只有触及无限之神秘，才能遗忘它的琐碎浅近，而让它在难以言喻的乐章中突然爆发。树木、繁星和青山，如同渴求某种含义一样在我们面前显现，但这种含义永远不可言传。当人的灵魂在掀开他的爱人那沉重的盖头时，当她的面纱被揭开，而与她永恒的爱人面对面时，我们似乎可以注视到，造物主正在一个全新世界的创造行动之中。

但这种状态是什么样的？它如同一个春天的清晨，在它的生命和美好中变幻着，是一，也是全体。当人的生命从散乱中得救时，就会在灵魂中找到它的统一性，随后对灵魂来说，无限之识就会当下变得直接而自然，如同火光对于火苗一样。人生的一切冲突和矛盾都会重归于好；知识、爱与行动会和谐一致；乐与痛在美好、喜乐与舍弃中结成平等的一体，而位于善之中；有限与无限之间的分野，因爱的充盈而互通互融，每时每刻都传送着永恒的讯息；一切非相[①]在我们面前显现作花的相、果的相；广漠之野像慈父一样将我们揽在怀中，像密友一样伴我们漫步。唯有灵魂，即人之中的“一”，正是它的天性颠覆了一切限制，并在“太一”中找到了自己的领地。然而当我们无法获得内在的和谐时，我们的整个存在、整个人生都仍保持一种习气化的生活。呈现于我们面前的世界仍是作为一台机器而存在，只去操纵它有用的地方，将那些有危险的地方防护起来，它永远不能与我们有着全面的伙伴关系，而因此得到了解，在物质本性、在精神生活、在美的层面都同样如此。

① 佛教术语，相当于真的本体。

恶之问

现实中为什么会有恶的存在，与为什么会有不完美的存在一样，都是一个问题，或者换句话说，为什么就会有造物的存在。我们必须视其为理当如此，因为它不是别的样子；造物必然是不完美的，必然是渐进的，所以问这个问题也是徒然无益的，我们为什么要这样问呢？

但我们真正应该问的问题是：不完美就是终极真理吗？恶就是绝对与尽头吗？河流有岸、有堤，但一条河流全都是堤岸吗？或者说堤岸就是河流的终极事实吗？难道不是这些屏障自身为水流指明了前进的方向吗？缆绳将小船系缚，它的目的就是约束吗？难道不是同时为它蓄势？

世界的滚滚潮流也有其疆界，否则它便无法存在，但它的目标不会在限定它的疆界中显现，而是在朝向圆满的运动中现形。奇迹并不在于这个世界应该存在的障碍和遭受的苦难，而在于应该存在法则与秩序、美与乐、善与爱。人类在自己的生命中拥有神的理想，这更是一切奇迹中的奇迹。他会在自己的人生中感受到深度，就像不完美所呈现的“相”也是完美的一种显现。正如同一个生就音乐之耳的人，在一首歌谣中证悟完美一样，事实上他不过是听见一连串音符而已。人类已经发现了这一伟大的悖论，即受限之物并不能被其界限所限制，它是恒动的，随之时时都会越出界外。事实上，不完美并非对完美的一种否定，界限也不是无限的对立面：它们显现为部分，但实际是一体的，无限因界限而得以彰显。

苦，作为人类有限的一种感受，并非生活中的固定状态。苦不会以自身为目的，正如乐也是如此。想感触到这一点就要明白，苦在宇宙的真实的永恒中无立足之地，它只是人类理智生活的小过失。纵览科学的发展史，就是纵观不同时代它所造成的错误迷宫。然而，没有一个人真正相信：科学是散布谬误的最佳方式。在科学史中要铭记的重要事情，是对真理不断进步的证实，而不是无数的错误。由于本性使然，错误不会静止不变；它无法与真理共存，如同一个流浪者，如果不能付清房费，就必须卷铺盖走人。

正如人类理智性的错误一样，在任何其他形式的恶中，它的本质都是不能持久的，因为它无法与整体一致。它时刻都在被合力所矫正，并保持调适状态。只因我们把它想象为一成不变而夸大了它的严重性。我们可以收集地球上每时每刻数量巨大的死亡和腐败物的具体数据，一定会让我们震惊得合不拢嘴。但恶是恒动的。纵然所有一切恶都达到不可思议，它最终仍不能阻挡我们的生活潮流。而且我们会发现，大地、水和空气会因活泼的生命存在而保持甜美与纯净。所有这一切促成我们想法的数字，在数量上都代表着运动之物。因此在这一过程中，事物就会在我们的思想中设想出在现实中并不拥有的重量。由于这一原因，人会因自己的拥有物而集中关注生活中的某个特定层面，这就很容易将所见的部分扩大化。如果对于事相过度紧张，就会错失对真理的把握。一个侦探可能会有机会从细节上对犯罪进行研究，但他会丧失对整个社会经济中相关之处的感觉。当科学收集了事实来阐释为生存而进行的争斗时，这种争斗在生活中的一切领域都在进行着，这时在我们的脑海中便会浮现出“大自然中鲜红的牙爪”这样一幅画面。但在这些想象画面中，我们却将那些的的确确正在淡化消逝的色彩和形象固定化。这就像去测算我们身体的每一平方英寸的空气重量是多少，来证明它对我们必然是一种无法承受的重负一样。尽管如此，即使每一英寸都有重量，也可以进行调整，然后轻而易举地接受这一“重担”。而自然界中的生存斗争是相辅相成的，既有对下一代和同类的爱，也有源于爱的自我牺牲，这种爱就是生活中的积极成分。

如果我们将观察探寻的目光转向并保持在死亡这一事实上，世界便如同一个巨大的停尸房呈现在我们面前。但是我们发现，在生物界关于死亡的想法可能在我们的思想中占有的成分最少。不是说它最模糊难见，而是因为它是生命中的否定方面。就像尽管存在每秒钟都会眨眼的事实，但我们仍然认为眼睛是睁开的。生命作为一个整体，从未过于严肃地对待死亡。它在死神的面前欢笑、歌舞、嬉戏，在死神的面前建功立业、积累财富和爱。我们只有在将一个个体的死亡事实孤立时，才会一片茫然而变得沮丧。我们没有看到生命是一个整体，而死亡只是其中的一个部分。就像透过显微镜来看一块布片，它的样子如同一张网，我们可以凝视那些巨大的洞并因想象而感到战栗。但真相在于，死亡并不是终极事实。它看似漆黑一团，就像天空看起来湛蓝一片，但它并不会存在染黑，正如天空不会留下鸟儿飞过的痕迹。

当我们注视一个小孩学步，会看到无数次的失败，虽然偶尔也有成功的时候。如果我们只把目光限定在短时期内的话，看到的就是惨不忍睹的场面。但我们发现，尽管不断失败，孩子仍然受着一种快乐的驱使，推动着他去完成看似不可能的任务。我们可以看到这一点，但并不会认为他跌倒很多次，连保持片刻平衡的力气都没有。

像孩子企图学会走路时遇到的这类事，我们会在每天的生活中以各种形式的痛苦遭遇到，这些事显现出我们在知识、接受力和意志运用方面的不足。但如果这些事仅仅揭示了我们的缺点，我们就会因彻底的失望而自杀。当我们选择将目光注视在有限的活动领域时，个人的成败苦痛就会在我们的头脑中赫然凸显，但我们的生命本能地将我们导向一个更广阔的视野。它赐予我们一个完美的理想典范，时时带我们超越当下的局限。在我们中间存在一种希望，它一直都走在我们当下狭隘的经验之前。它就是在我们之中对无限的永恒信仰。它永远都不会把我们的任何残缺当作永恒的事实，它不会为自己的疆域设限，它敢于宣称人和神共有着“一”。而且，它的这些不羁的梦想每天都在成真。

当我们朝着无限而起心动念的时候，我们就会看见真理。真理之理念不在狭隘的当下，不在迅疾的感官感觉，而处于整体之心识中。它可以让我们品尝到“在我们所做的事中拥有我们应该拥有的东西”的滋味。在我们的人生当中，我们会有意或无意地拥有对真理的体验，它时刻都比它所呈现的“相”要伟大，因为我们的生命面朝无限而运动不息。因此，它的抱负就是无限地超越它的所得，而且当它在行进的时候会发现，从没有因遗留下未证悟的真理而陷入终极的沙漠中无法自拔，而是真理的证悟在将它带至超越的领域。恶也不能既在人生的高速路上阻挡它的进程，同时又抢劫它的所有财富。因为恶必然会有所持续，并且会交融而趋于善，它不能自立并与“一切”相抗衡。如果最轻微的恶不拘何处都去施行，它将会堕入深渊并斩断存在之根。这样的话，人就不会真正地相信恶，正如同他不会相信制作小提琴弦的目的，就是为了弹奏不和谐音来制造高雅的折磨。尽管从数学上来说，有数据表明不和谐音的概率要远远大于和谐音，因此有一个人会演奏小提琴，就有好几千人不会。达到完美的潜在可能性大于相反的事实。无疑，一直有人坚称：存在即为绝对罪恶，但从未有人拿说这话的人当回事。他们的悲观仅仅是一种或理性或感性的姿态，但生活本身是乐观的，它要不断前进。悲观主义只是精神酗酒狂的一种表现形式，它唾弃健康的营养品，在令行禁止的烈性饮品中沉溺放纵，并滋生一种渴望更强烈的酒劲的不真实沮丧感。如果存在是一种罪恶，它就无须等待哲学家的证明。如同让一个自杀的人自始至终一直站立在你的面前，而你宣判此人自杀有罪。在此，存在本身就能证明自己并非罪恶。

一种不完美并非一切不完美，但这种不完美仍分有理念的完美特质，因此它就必定要经受一场永无极限的证悟。所以，借助非真来证悟真，就是我们理智的功能。知识除了持续不断地燃烧错误之薪、释放真理之光以外，什么也不是。我们的意志、我们的品性，都必须通过不断制伏罪恶来获得完美，不管这种罪恶是在我的，或在我之外的，或二者兼而有之。我们的肉体生命是每时每刻消耗体能来维持生命之火，我们的精神生命也有自己的燃料来给养。这一生命进程正在持续——我们知道，我们已然能感受到，况且我们有一种信念：人类的进程是弃恶从善，并不存在基于个体的案例可以将其动摇。因为我们可以感受到，善是人类天性中的积极成分，无论生于何处，长至何时，人类最为青睐的价值就是以善作为他的终极典范。我们理解了善，也爱着善，并向那些在自己的人生中彰显了善为何物的人们，致以我们最高的敬礼。

那么就要问，什么是“善”？我们的道德本性意味着什么？我的答案是，当一个人开始对他自己持有一种深刻的洞察时，当一个人证悟了比当下看似更多的东西时，他就开始察觉到了自己的道德本性。他随之会增强对自己将有的样子的意识，而他尚未经历的状态要比他的直接经验更为真实。这样，他看待生活的角度必然会改变，他的意志也必然会替代他的期望。因为意志是对更广阔的人生的最高期望，在这一人生中，更多的部分是超出我们当前所达到的，大部分的目标也不再是眉睫之前。随之，我们趋微的自我和趋壮的自我之间的冲突、意志和期望之间的冲突、营求物质以刺激感官与追寻目标以愉悦心灵之间的冲突，统统都会到来。然后，我们就开始在即刻欲求的东西和善的东西之间做出区分。因为善是我们的大我更为钦佩的东西，所以，善的意识最终证明是我们人生中的一种更真实的观念，它是与人生领域的整体相联系的观念，它所看重的不仅是当下在我们眼前的，还有不在我们眼前的，而且可能在人力所及的范围内永远都无法到来。有远见卓识的人会对他尚未经验的生活有所觉察，并且会比他已身处其中的生活感受更多。所以他已经做好准备，为尚未实现的未来牺牲当下的诱惑。唯其如此他才变得伟大，因为他正在证悟真理。甚至对一个极度自私的人来说，他也必须承认这一真理，并且必须遏制即刻的冲动——换句话说，一定要是道德的。因为我们的道德禀赋让我们因它而知晓：人生不是碎片、盲目与裂痕的焊接。人类的这种道德意识，不仅赋予他力量以洞彻自我在时间当中浑然一体，而且也让他明白：如果他的小我仅仅被局限在自己个体之内，他就不再真实了。他处于真理之中比处于事相之中更伟大。他应当之无愧地列入那些不把自己的个体性包裹在自我本位之中的队伍里面，而且他可能永远都不会知道自己是这样。当他对未来的自我有所感触，而这种感触已不为当下的心识所限，那么他就对更为伟大的自我有了感应，这种感应已超越了他生而为人的各种局限。不存在没有这种感觉的人，只是人的感觉程度不同而已；不存在从来不为他人而牺牲自己的某些自私欲望的人；不存在那种因愉悦他人而承受某种损失或烦恼，自己却从不感到快乐的人。这是一个真理：人类不是相互分离的一种存在，而有着普遍性的一面。当认识到这一点，他就会变得伟大。甚至是如罪大恶极的盗跖[①]，在他寻找帮手共同作恶的时候，他也必须承认这一点；唯其不忽视真理，才能变得强大。所以为了索求真理的襄助，在某种程度上盗跖亦必有道。一群抢劫犯为了结成团伙，必然应诉求于道德。他们可能会掠夺全世界，却不会互相掠夺。所以要使非道德的目的达成，就必然使用某些道德武器。事实上，我们最为行之有效的作恶力量，常常为了自己拥有的利益而利用他人的力量，剥夺他人应有的权利的力量，都是拜道德所赐。动物的生存是非道德的，因为它

① 春秋战国时期食人心肝的大恶人。

只意识到当下时刻；人类的生命是非道德的，但这只是意味着人类的生命必须以道德为根基。不道德是未完善的道德，正如错误在某种程度上也是真的，甚至不成其为错误。看不见是目盲，但看错了只是以一种不完善的方式去看。人类的自私只是审视人生中的某种联系、某种目标的开端，想要与生命指令一致还需要克己与修正自己的行为。一个自私的人会为了自己的目的而不情愿地去承受一些麻烦，他备受艰难困苦的折磨而没有嘀咕，仅仅是因为他知道，（什么）在短时间内可以看作苦痛，但站在更高远的角度看，事实恰恰相反。所以，对于短视的人来说是损失的事情，对有远见的人来说则是收获，反之亦然。

为信念而生、为国家而生、为人类之善而生的人，生命对他们有着不断延伸的内涵。因此，到某种程度上，痛苦也就退居其次了。过着善的生活就是与一切生命生活着。享乐是为了一个人自己，但善却关乎全人类的幸福并系于世世代代。从善的角度来看，苦乐所呈现的内涵互不相同；差异如此之大，以至于乐足以使人回避，苦则适得其所，而死亡本身则因赐予生命更高价值而备受欢迎。从人生更高的立足点看去，从善的立场看去，苦与乐都失去了各自的绝对价值。历史上的殉道者证明了这一点，我们在生命中每天的些微牺牲中也证明了这一点。我们从大海中取一罐水会有重量，但当我们潜入海中，头顶上有千万罐水流动的时候，我们却不再感觉到它的重量。我们必须用我们自己的力量来扛起自我这个大罐子。然后，把它放在自私之上时，苦与乐就有了它们全部的重量。但如果在道德之上，它们就会变得极为轻灵，以至于我们看到那些能够践履道德的人，在毁灭性的诱惑关头时的忍耐，在面对致命性迫害时刻的克制，会让他如一个超人一样。

生活在完美的善之中，就是在无限中去证悟一个人的生命。这是最全面的人生观，而且我们可以通过内在的道德省察力来审视人生的整体性，进而拥有这种观点。佛陀的开示也是培养这种道德力到最高程度，并懂得我们的活动领域并不因我们狭隘的自我而受限。这也是基督对天国的看法。当我们获得那种普适的人生即道德的生命时，我们便从苦与乐的两种界限中解脱了，而我们的自我所腾出的空间，便被一种源自那不可忖度之爱而又难以名状的喜乐所充满。在这种状态下，灵魂的活动全都得以提升境界，只是那种动力不再来源于欲望，而在于自己拥有的喜乐。这就是仙人的“业瑜伽（Karma-yoga of the Gita）”，即通过无私善行的实践而达到与无限行动的合一。

当佛陀谈论深陷苦海之中的人们证悟的方法时，他已达到了这一真理：即当人类通过将个体与宇宙融合而获得自己的最高目标时，他就从痛苦的束缚中得大自在了。让我们更为彻底地来想想这一点吧。

我的一个学生曾经向我讲述他在一次暴风雨中的历险，并抱怨在这整个过程中，他都陷入这样一种情感困境：大自然的这种巨大的骚动行为，让他觉得似乎自己不过是一抔尘土中的微尘。那时尽管他是一个有着自我意志的独一无二的人，却对正在发生的事无能为力，乃至毫分。

我说：“如果认为我们每个个体都能使自然偏离她的轨道，那么他就会成为罹受苦难最多的个体。”

但他仍坚持自己的怀疑，并说仍存在这种不可忽视的事实——我觉得我是什么。我们中的这个“我”仍在寻求一种与它相关的个体性的联系。

我回答说:“与‘我’相关的正是那些‘非我’的东西。”所以我们必须要具备一种对于二者都相同的介质，而且必须绝对肯定:对“我”如此的东西，对于“非我”也要一模一样。

这就是需要我们在此重复的东西。并且必须对此铭刻于心:我们的个体性的本质就是要主动寻求普遍。如果我们的肉体企图吞噬自身的实体，就只有死路一条;如果我们的眼睛只盯着它自己，那么它就失去了自己的作用内涵。

正如我们所发现的，想象力越强，仅仅是幻想性的成分就越少，与真理的和谐之处也就越多，所以我们看到我们的个体越有活力，通向普适化的道路就越宽。因为人格的伟大不在于自身，而在于普适化的质素，正如判断一个湖泊的深度不是通过湖面的大小，而是通过湖水的深浅一样。

因此，我们的天性渴望现实，我们的性情也不会因它所创造的那个空想宇宙而感到幸福，如果这是真的的话，显然对它来说，这一点就再好不过了:即让我们的意志只是按照事物的规律来对待它们，而不是随心所欲。现实的僵硬冷酷有时会刺透我们的意志，并且常常将我们推向灾难，就像大地的坚硬总是让学步的孩童因跌倒而受伤。然而，同样是这个将他弄伤的“坚硬”，让他的行走成为可能。曾经在穿过一座桥下的时候，我的小船的桅杆撞上了桥的一根横梁。如果当时桅杆仅仅弯曲一两英寸，或者桥梁如小猫伸懒腰那样弓起一点，或者小船吃水再深一点，那么对我来说一切都可以万事大吉。但是它们并不在意我的无助。那也正是为什么我利用这条河的原因，并借助桅杆来航行，而且那也是为什么我会在水流不便时依赖桥梁的原因。物本来就是物，如果要与他们打交道，我们就必须了解它们。了解它们是可能的，因为我们的期望不是它们的法则。这种知识对于我们是一种乐趣，因为它是与我们之外的事物发生联系的渠道之一。知识让它们为我们所用，并因此拓宽了自我的局限。

在每一环节，我们都要重视他人而不是我们自己。因为只有身处死亡，我们才是单个的。一位诗人只有在他的个体思想能愉悦所有人时，才是一位真正的诗人，但如果他不具备与所有受众之间的共同介质，他就不能做到这一点。这种共同的语言有自身的规律，诗人必须发现并遵循，由此诗人才能真正成为诗人并获得诗歌的永恒性。

随之我们看到，人的个体性并不是他的最高真理；在他之中有着普遍性存在。如果他让自己生活在这样一个世界，即只考虑他的自我这唯一一个因素时，那么对他来说，这将成为可以想象到的最糟糕的囚室。因为人类最深沉的喜乐是让个体越来越多与万物结合，并因此越来越壮大。正如我们已经看见的，如果不存在一种规律对于万物都一致，这一点将永无可能。只有发现并遵循这一规律，我们才能变得伟大，才能认识到普适性。然而，只要我们的个人欲望与普适性规律相冲突，我们就要遭受痛苦，并且徒劳无益。

曾有一段时间，我们为了特殊的恩准而祈祷，期望自然规律能够因我们拥有的便利而暂时中止。但是现在我们更加明白，我们明白了规律不能被弃之不顾，知道这一点，我们才能变得强大。规律并不是在我们之外的东西，它为我们所有。在普遍性规律中显现的普适性力量，就是我们所具备的一种力。在我们渺小的时候，在我们逆事物潮流的时候，它就会阻拦我们。但在我们强大的时候，在我们与一切相一致的时候，它就会帮助我们。所以，通过科学的帮助，当我们开始了解到更多自然规律的时候，我们就获得了力量，就逐渐趋近宇宙实体。我们的视线所及，我们的运动所至，我们的肉体之力，就会遍及世界。蒸汽和电成为我们的神经和肌肉。所以我们发现，就像经行我们周身的官能组织存在一种相互关联的原理一样，由此我们才敢称整个身体属于我们自己，并且可以同样利用它。所以贯穿整个宇宙，也存在一种绵绵若存的关联法则，就此而论，我们才可以说整个世界是我们扩大的身体，并相应地利用之。在这个科学时代，确立我们对于自我世界的要求，是我们全部的奋斗良图。我们很清楚，所有一切的匮乏和苦难都是由于我们未能认识到对自己的正当要求。确实，我们的力量没有止境，因为我们并未处于普适性的强力之外，这种力量就是宇宙普遍性规律的体现。我们正行进在克服疾病和死亡的道路上，战胜痛苦和贫困的道路上。因为通过科学知识，我们一直处于认识宇宙的物质层面的过程中。在取得进步时，我们会发现痛苦、疾病、力量贫乏都不是绝对的，仅仅在于我们个体性自我对于普适性自我的调适不到位，而后者导致了它们的产生。

我们的精神生活也是如此。当我们中的某个人触怒了宇宙之人的合法统治时，我们就会在道德上变得卑微，并且必然会受孽。在这种情况下，我们的成功就是我们最大的失败，而且正是欲望的满足才将我们置于愈加贫乏的境地。我们为自己热切追求特殊的利益，我们希图享受除自己之外任何人都不能分尝的特权。但是绝对特殊的任何一种事物，都必然与普遍性事物保持永恒的冲突。处于这种内战状态，人类就总是在障碍之前苟且生存。并且在任何自私的文明中，我们的家园都不是真正的家园，而只是围绕着我们的人工屏障。然而我们却抱怨我们不快乐，好像有某种内在于事物本质中的东西让我们痛苦一样。宇宙精神正等待着要给我们加冕幸福，但我们的个体性精神却不接受它。正是我们自我化的生命，处处引发冲突连带纠纷，让社会常规性的稳定失衡，并导致各种各样的痛苦产生。它将事情引到如此的一条道路上，以至于为了维持秩序，不得不罗织种种武断的高压政策，促生各种组织化的暴政形式，忍受在我们当中施行的炼狱般的制度，因此而使人类时刻蒙羞。

我们已经看到，为了变得更强更有力，我们不得不服从宇宙之力的法则，并在实践中认识到它已为我们所拥有。所以，为了幸福，我们必须让我们的个人意志服从宇宙意志的神圣主权，并在我们的意志中感受真理。当我们进入有限对于无限的协调状态时，完美就得以生成，随之痛苦本身也会变成极宝贵的财富。它成了一把用来测量我们喜乐之真正价值的标尺。

人从自己的生命中学到的最重要的教训，不是这个世界存在痛苦，而是凭借他的存在，化痛苦为善的价值。对他来说，转苦为乐是可能的。这一教训我们并没有全部丢弃，并没有一个心甘情愿被剥夺权利而去受苦的人存在，因为那是他的权利。一天，一个贫苦雇工的妻子向我沉痛地哭诉，他的大儿子一年中总有一部分时间，被派遣到一个富有的亲戚家中去。这是一种暗示性的善良意图，竭力想要慰藉让她内心震动的困窘情绪，一个母亲的困窘就是，作为一个母亲，拥有不可剥夺的爱的权利，她也不打算听受权宜之计的指使而放弃这种权利。人的自由从来不会在困境中重生，但是为了他自身的利益而不辞辛劳，化困顿为喜乐，这就是自由。只有当我们认识到，我们个人化的自我不是我们存在的最高意义，才能做到这一点。在我们之中，我们有不朽的“世界人”，他不惧死亡与苦难，并把痛苦看作喜乐仅有的另一面。认识到这一点，他才知道，痛苦正如不完美的存在一样，是我们的真正财富。他知道我们并非乞丐；他知道硬币必须支付给人生中每一个有价值的东西：我们的力量，我们的智慧，我们的爱；在苦痛之中，他化身为完美的无限可能性，化身为喜乐的永恒开放性。一个在苦难中失去所有欢乐的人，会无限下沉，直至贫穷堕落的最底层。唯有当我们为了自我满足而呼唤苦难来相助时，她才变得罪恶，并且因对她的冒犯性行为而将我们抛掷于惨痛之中，来实施她的报复。因为她是献祭于永恒完美的服务者的圣洁贞女，当她在无限之圣坛前面获取她真正的位置时，她就会解除她黑色的面纱，将她光洁的面容转向观者，如同至高无上的喜乐现身一样。

自我之问

在我之存在的一端，我与木、石同一。此时我不得不接受宇宙规律的统治。这也是我存在的根基所在，它潜伏深渊之底。它的力量作用在对把握整个世界时的牢固控制上，作用在让群体融于万物的圆满上。

但在我之存在的另一端，我独立于万物。此时我已冲破了等同于物的警戒线，作为一个个体矗然挺立。我是绝对的独一无二，我就是我，我无可比拟。全宇宙的重量也不足以压垮我的个别性。尽管万物都处于巨大的引力之下，我依然保有它。它显现的外观很渺小，但它的实相很庞大。因为它全力对抗着灭除它的特色并使它归于尘土的力量。

这就是自我的超结构，它从根基所处的难知难测的漆黑深处产生并走向开放，它因孤立而自豪，以促成建筑师的一个单一而个人化的想法成形而自豪，这一想法在整个宇宙中都无法复制。如果这种个别性遭到毁灭，那么即使不遗弃任何材料，即使不破坏哪怕一个分子，让创造得以具象化的喜乐也将一去不复返了。假如我们的这种特性、这种个别性遭到剥夺，我们绝对会崩溃，因为那是称为“为我所有”的唯一东西，一旦失去，对于全世界来说都是一个损失。它是最有价值的，因为它不是普遍的。所以与其让我们躺在对差别浑然不觉的怀抱中，不如让我们通过它来更真实地获得宇宙。普遍性一直在寻求融于独有性。我们想要保持我们独有性完美无缺的愿望，真的就是宇宙在我们身上产生作用的愿望。在我们之中的无限就是我们的喜乐，它赐予我们以“身为自己”的喜乐。

人认为这种自我的树立是最珍贵的财富，这一点可以通过人类所经受的苦难以及为了达到它的目标所犯下的罪恶来证明。但是这种树立意识来源于偷食了分别善恶的智慧果。它让人类知耻、犯罪并死亡。然而对人来说，它比任何天堂之物都更可亲爱，因为在伊甸园中，在至美的纯洁中，在孕育天地万物的摇篮中，自我正躺着安然入睡。

对我们来说，保有自我的树立是一个持续不断的左冲右突和含辛茹苦的过程。事实上，的确是这种含辛茹苦才道出了它的价值。这种价值一方面是牺牲，它象征着要付出多少；另一方面是获得，它象征着收获多少。如果自我对我们来说意味着除了痛苦和牺牲外空无一物的话，它对我们就丝毫没有意义，我们断然不会心甘情愿地去承受这种牺牲的。在这种情况下，毋庸置疑，人类的最终去向只能是自我的毁灭。

但是，如果存在一种对等的收获，如果它不是一场徒劳而是一种大圆满的话，那么显然，它的否定特质、它种种的苦难与牺牲，就会让一切更加贵重无比。它的确经常得到一些人的证明，他们实现了自我积极方面的重要性，并且无所畏惧地以对牺牲的渴盼与切望来接受它的责任。

综上所述，对我来说，要回答我的听众曾经提出的这一问题就轻而易举了，即：作为人类至高无上的目标，是否对自我的舍弃就是印度人一直不赞成的？

在一开始，我们就必须在内心铭记这一事实，即人类永远都不是让思想的表达只流于文字，除了一些极微细具体的事情。人类的语言常常并不只是一种话语，如同哑巴借以发声的手势。它们可能是暗示，而不是描述他的思想。这些借助字典而意在理解内涵的人，仅仅是从技术层面到达殿堂，却因找不到登堂入室的入口而在垣墙之外止步不前。这就是为什么即使是最伟大的先知的训示，也会引起无尽争议的原因，当我们试图想要循其话语来理解他们的时候，却并没有在我们的人生中证悟那些真理。那些因尽信书本而咒骂的人是最不幸的，他们一直都忙于结网而忘了捕鱼。

不仅是在佛教和印度的一些宗教里面，而且在基督教里也是如此，即对无私之理念的宣示是以满腔热情来进行的。在弥留之际，死亡作为一种象征，一直是用来表达人类从不真的生活中获得解脱的一种观念。它等同于涅槃，只是将灯熄灭的象征而已。

在典型的印度人观念中，人真正的解脱是从无明（avidyā），即愚痴中解脱出来，这种想法才广为流行。无明并不破坏任何可能或真实的东西，因为它并非一种可能，而是一种否定，它遮蔽了我们的真正视线。当这种障碍——愚痴，得以扫除的时候，只有让眼睑张开，才无损于眼睛。

确实是我们的愚痴让我们认为我们的自我，如同自我本身一样，是一种真实，并在其本质中拥有它的完整内涵。当我们对自我抱有这样一种错误见解时，我们就会竭力地以这种方式生活：让自我成为人生的终极目标。

那么我们就注定要以失望告终，就像紧紧抓住路上的灰尘却企图达到目的一样。我们的自我无法掌控住我们，因为他的本质在于前进。由于紧紧附着于自我之线上而穿过生命的织机，所以我们无法让它服务于把它织成布这一目的。当一个人精心周详地安排了一场自我的飨宴时，他无异于打开了烤箱却没有做面包的生面团。烤箱温度奇高，都快把自己烧坏了，就像一只驯养的野兽吞食了自己的幼崽而死一样。在一种未知的语言中，每个词语都显得蛮横而扎眼。它们让我们止步却又什么都不说。想要从这样的语句中获救，就必须要让自己摆脱无明（avidyā）——即我们的愚痴，我们的精神才能随之从内在理念中追寻到它的自由。但要说我们对语言的无知唯有借助对词句的解构而得以去除的话，就会是愚蠢可笑的。不，当最圆融的知识到来时，每一个词都恰到好处，只是不把我们束缚在字面上，而是让我们一气贯通并获得解脱的思想。

所以，就是无明，通过让我们认为无明自身有终结，而导致自我受到羁绊，并且障碍我们的视线，让我们看不到它包含着超越自身局限的思想。这也就是为什么智者会到来并说道："让自我从无明（avidyā）中解脱吧，洞彻你真正的灵魂，才能从禁锢着你的自我之魔掌中得救。"

当我们到达了自己最为真实的天性时，就获得了自由。一位艺术家，在他发现艺术的理念时，他也就发现了艺术的自由。随之他就从苦于模仿的艰辛中获释，从取得世俗认可的目标中解脱。这就是宗教的利益——不是戕害我们的天性，而是去实现它。

梵语"达摩（法）"（dharma）这个词，通常是作为宗教词汇被译成英语，它在我们的语言中却意蕴深广。"达摩"（dharma）是万物最为内在的天性、本质及内在真理。"达摩"

（dharma）是作用于我们的自我的终极目的。当作错任何事时，我们说“渎法”（dharma），意思就是已向我们的真实天性打诳语。

但“达摩”是在我们之中的真理，它是内在固有的，所以隐而不显。甚至，一直有人持这种观念：人类是天生有罪的，每一个人都唯有因神的眷顾才能得救。这就像说种子的天性是包裹在壳中的，只有借助一些特有的奇迹才能长成参天大树。但我们难道不知道，种子的“相”与它的真正本质是相矛盾的吗？当你对它进行化学分析，你或许会发现它含有碳、蛋白质以及其他许多物质，但唯独没有枝繁叶茂的树的理念。只有当树开始成形的时候，你才能看见它的“达摩”，然后你才能对此确信无疑：种子已被耗损并在地下腐烂，它一直在对抗着它的“达摩”，却因此完成了它的真正本性。在人类的历史上，我们已经了解到，在我们之中那活的种子会发芽。我们已经预见到，过一种最崇高的人拥有的生活这一伟大目标，在我们之中正在形成，而且可以很确定地感受到：尽管存在许多看似并不如其所愿的个别性人生，然而这确实并不是他们的“达摩”未能奏效，而是因为他们冲破了各自的底线，并让自己形成了一颗活力四射的精神之树干，它在阳光和大气中茁壮成长，却向着四面八方伸展着树枝。

种子的自由就是在它的“达摩”的达成、天性的完善和注定会长成大树的命运中来完成的。它的牢狱就是对此尚未达成。使某种事物得以成就自身所做的牺牲，就不是以死亡为结束的牺牲，它只是对束缚的舍弃，却赢得了自由。

当我们理解一个人拥有最高的自由理念时，我们就理解了他的“达摩”、他的天性的本质、他的自我的真正内涵。一开始，可能看似这样的景象：人们把得到自我满足和自我扩张的无限机会看作自由。我们的先知却一直是那些过着自我牺牲的生活的人。人类更深层的本质，一直是以追寻那些超越自身却又不离它的最高真理的东西为目的。这就要求付出它所有的牺牲，然而却又让这些牺牲成为自我补偿。这就是人的“达摩”，人的宗教，而人的自我就是盛满牺牲步向圣坛的鼎彝。

我们可以从两个不同层面来审视我们的自我。一方面，自我显现自身；另一方面，自我又超越自身并随即阐释它所拥有的内涵。为使自身得以显现，它竭力趋大，力求挺立于自身积累的基座之上，并为自身保留一切。为阐释自身，它放弃所拥有的一切，所以才会变得完美，像一朵吐蕾绽放的鲜花，从它美之圣杯中倾泻出它所有的甜美芬芳。

是灯就涵着油，并且将油牢固地控制在自己严密的掌握中，不让它有一丁点儿损失。所以，这就把它与周遭所有外物隔离开来，它也吝啬不已。但是一旦将它点燃，它马上就发现了自己的内涵，不管是远的、近的。它与外物的联系随之建立，并且可以自由地损耗作为财富的油，而将火苗点得又粗又壮。

这样的一盏灯就是我们的自我。只要它储藏自己的占有物不放，就会把自己保持在黑暗中，它的行为就与它真正的功能相冲突。当它追寻到光明，就会在瞬间忘掉自我，将火焰高高擎起并倾其所有地奉献，因为此时才阐释着真相之所在。这种阐释正是佛陀开示的解脱。他让灯舍弃自己的油。但是毫无目的地舍弃，却是一种越发昏聩不明的贫穷，这永远都不是他的意图。灯必然要将油施舍给光明，随后才能让它储藏的目的自由实现。这就是解脱。佛陀指引的坦途不仅仅是履行自我克制，而且还是爱的延伸。只有在此，才是佛陀训示的真正意图所在。

当我们在爱中找寻到佛陀所开示的涅槃（Nirvāna）状态，那么我们就能确信：涅槃（Nirvāna）是爱的至高的巅峰。因为爱是通向自身的终点。其他一切都无不在我们的脑中浮现“为什么”这一问题，而且我们必然会因此而探索原因。但是当我们说“我爱着”时，“为什么”就没有立足之地了。爱本身就是它最终的答案。

无疑，甚至自私也会迫使一个人施舍。但自私的人只是出于被迫才这么做。就像果子还没有成熟就要把它扯下来一样，你不得不把它从树上揪下来，还弄伤了树枝。但是当人在爱着，奉献对他来说就是一件快乐的事，就像树将成熟的果子全部交纳出去。所有属于我们的东西，都被我们自私的欲望那种不断下沉的万有引力，视作重不可离，因此不能将它们轻易抛掷。它们看似正属于我们的天性，如同第二层皮肤一样黏附着我们，将它们剥离我们就会血流不止。可是当我们充满爱时，它的力量就会作用于相反的方向。紧紧吸附于我们的东西就会逐渐失掉其依附性和重量，而且我们会发现：它们本不属于我们。此时施舍已经远非损失，因为我们在其中找寻到了自我存在的实现。

所以，我们在圆融的爱中找到了自我的自由。只有为爱而做，才是在自由地做，尽管可能引起深深的痛。所以，为爱而劳作就是行动之解脱。这也是《薄伽梵歌》（*Gīta*）所教导的要不谋其利地劳作的真意。

《薄伽梵歌》说，我们必须采取行动，因为唯有在行动中我们的本性才得以显现。但是只要行动不自由，这种显现就不完美。事实上，由于在需求或恐惧所迫之下做事，我们的本性已经模糊不清。一个母亲在对孩子的照顾中彰明了自我，所以我们真正的自由并不是“来自于”行动的自由，而是“在”行动中的自由。

神在他的创造工作中得以显现，而且《奥义书》说道：“知识、力量和行动，正是‘他’的本性”）Svābhāvikī jnāna bala kriyācha)”；它们并不是从外部强加给“他”。所以“他”的工作就是“他”的解脱，“他”在创造中，才实现自我。同样的道理也以不同话语在其他地方道出：“所有一切造物从喜乐中涌现，因喜乐而持续，向喜乐而前进，最后入于喜乐（Ānandādhyēva khalvimāni bhūtāni jāyantē, ānandēna jātāni jīvanti, ānandamprayantyabhisamviçanti ）。”这就意味着，神的创造并没有以任何必需物为原因，它源自于对他的喜乐的充实。确实是他的爱在创造着，所以在造物中，他让自己得到彰显。

艺术家在充实自己的艺术理念中拥有喜乐，他将其具体化，并因为与它保持距离而更充分地获得它。确实是喜乐将我们的自我从我们中脱离开来，然后赐予它以爱的创造之形式，以期让它比当下的我们更完美。所以必然存在这种不是出于排斥而是出于爱的分离。排斥只有一种因素，即分离的因素。但爱有两种因素，一种只是作为表象的分离的因素，另一种是作为终极真理的融合的因素。这正如同一位父亲让自己的孩子脱离自己的怀抱，表面上看这是一种抛弃，但真相完全相反。

所以我们必须清楚，我们的自我的真意在神与他物的分离中不能找寻到，但可以在“瑜伽（yoga）”——即融合的无限证悟中发现。而且它不是处于空白画布的边缘，而是位于正在着色的画面的近旁。

这就是为什么将我们的自我孤立，一直被哲学家描述为“摩耶（māyā）”——即某种妄相的原因，因为它自身不具有内在的现实性。它看上去危险重重。它让自己孤立到令人目眩胆寒的高度，却又向存在的姣好面容投下浓重的黑影。自外部看来，它有突如其来的毁灭性的一面，叛逆而又极具破坏力；它傲慢自负、专横跋扈而又刚愎自用；它已经准备好去掠夺全世界的所有财富，来满足自己瞬间的焦渴；它用鲁莽而残忍的大手，从美之神鸟的身上撕扯下它所有的羽毛，只为掩饰自己的丑陋一天。的确，人类的传说中存在这样的事情，即要终生承受铭刻在自己前额上的表示不服从的黑色标记。但是，“摩耶”的一切仍都由无明（avidyā）所包围；它是雾而不是太阳，是预兆着爱的火焰的黑烟。

设想一些愚昧的人，他们深陷愚痴，竟认为纸币的票据有一种魔力，票据持有人可以凭借它而满足自己所有的紧急需求。他层层叠叠地摞起这些票据，四处藏匿，用各种荒唐古怪的方式来处理它们，然而最终费尽心力却一蹶不振，得出了让人丧气的结论：它们绝对没有丝毫价值，只适合用来引火。但有智慧的人知道：那些纸币的票据全都是“摩耶”，在把它们放入银行之前徒然无益。只有那无明——我们的愚痴，让我们相信自我的独立如同纸币的票据一样，因其自身而珍贵。在这种观念的作用下，我们的自我便淡如无物。因为“他以受享喜乐的永恒姿态来显现自身（Ānandarūpamamritam yadvibhāti.）”。这种形式与它相分离，所拥有的价值只在于将它的喜乐的内容转达给它们。若我们将这些形式转回最初的喜乐的话，它就是爱，然后我们将现金存入银行，此时就发现了它们的真相。

当纯粹的需要驱使人们从事工作时，它就承担起一个偶然和随机的角色，仅仅若是一种权宜的安排；当这种需要改变其进程时，它就被遗弃到废墟中。但是若他的工作以喜乐为最终结果的话，它所采取的形式就成为永恒的组成部分。存在于人之中的永恒，向它传达着它所表现出的品质。

作为神之喜乐的一种形式，我们的自我得以永生。因为他的喜乐是常住的——永恒的。确实是它内住于我们而让我们对死亡深深怀疑，甚至是在死亡这一事实毋庸置疑的时候。调和我们身上的冲突，可以觉醒这一真理：生与死的二极存在和谐一致之处。我们知道：灵魂的生命在它的表现中是有限的，而在本质当中则是无限的，所以它在证悟无限的旅途中必然穿越死亡的大门。死亡因为没有为生命所充实，是一元论的。但生命则是二元论的，它有着与真理一致的表象；而死亡的表象则是“摩耶”，它是生命难以割舍的伴侣。我们的自我要生存，就必然要经受持续的变化和形态的增长，这或许可以说是一种“方生方死，方死方生”同步进行的过程。当我们拒绝接受死亡的时候，当我们期望赋予自我以某种固定不变的形式的时候，当自我感觉到毫无激情地诱使它向外拓展的时候，当自我对待自身的缺陷如同相应的终结并照此行动的时候，所有这一切都的的确确是在向死亡献媚。紧接着，我们的导师呼吁消灭这一死亡，这并不是对毁灭的呼吁，而是对永恒生命的呼吁。这是在晨曦中将灯熄灭，而不是太阳的沉没。对存在于我们天性深处的最深层的愿望，这确实是让我们有意识地去实施。

在我们的人生中有某种双重的欲望，它或许会为我们带来和谐而成为我们的恩惠。在我们身体之本性的领域，就存在我们常常会意识到的这种欲望。即我们期望享受美食醇酒，也追求肉体的享受与舒适。这种欲求就是以自我为中心，它们只是单独关注各自视域的心血来潮。我们的味觉所企望的常常不能匹配我们的胃所能消化的。

但我们还有另一种欲望，它把我们的身体系统方面的欲望当作一个整体，对此我们通常会全然不觉。这就是对健康的期待。这项工作一直在进行着，包括代谢复元，应对突变事件的调适，以及在任何干扰下都能熟练地恢复平衡。我们并没有对肉体欲望的迅速达成有过关照，但它轻易就越出当下。这就是我们体质的整体性原理，它将我们的生活与过去、未来连成一片，并将部分持续置于整体之中。聪明的人都明白这点，并使自己肉体上的其他愿望与此和谐一致。

我们拥有一个更大的身体即社会体。社会是一个有机体，我们作为部分，在其中拥有我们个人化的愿望。我们期望得到快乐并被认可。我们想比他人都能少劳多得。这就引起了打斗和冲突。但我们也有其他一些愿望，即在社会有机体的生命深处进行工作。这就是对社会福利的期望。它超越了当下和个人化的局限。它已臻无限。

睿智的人会力图使得追求以自我满足为目的的愿望，与追求社会的善之愿望和谐并行，唯其如此，他才能证悟更高境界的自我。

在其有限性方面，自我能够意识到自身的分离，它想使自身比他物更出类拔萃的企图，甚至有些冷酷无情。但在其无限性方面，它的愿望就是获取通向完美而不仅仅是自我扩张。

我们肉体本性的释放在于获得健康，社会性的释放在于获得善，自我的释放在于获得爱。这最后一点就是佛陀所称的“灭”——自我之性的断灭——它就是爱的作用，它不会堕入黑暗，而是开启光明。这就是证得“菩提”（觉，bodhi），或者说是真正的大彻大悟。它是用爱的光芒照彻我们之中无限的喜乐。

我们的自我之路是穿过独立的个性，到达和谐的灵魂之所。从来不能通过强迫到达这种和谐。所以，在我们的意志完善的过程中，必然会经历独立和叛逆而达到终极性圆满。在我们获取积极自由——爱之前，我们必然拥有某些否定自由的因子这种潜在可能，即放纵。

这种否定性自由，即自我意志的自由，可能会背离对自身最高境界的证悟，但不会将自身从其中完全切断，随之它就失去了自身的意义。我们的自我意志会一直在某种特定范围内拥有自由。它知道脱离这一轨道的是什么，但它不会在这条路上无限持续下去，因为我们在否定性方面是有限的。我们的恶行必然有尽头，不协调的生涯必然有终止。因为恶不是无限的，不和谐自身也一片混沌，没有止境[①]。我们的意志拥有自由，是因为它或许会找出朝向爱与善的真正进程。因为我们的爱与善是无限的，只有在无限中，自由才有可能圆满证悟。所以，我们意志的自由不是朝向自我的局限性，即并不是幻相与否定，而是朝向无限性即真与爱。我们的自由不会违背自身的自由原则并依然是自由的，它不会自取灭亡而

① 即不能实现自我的有机循环。

仍然存在。我们不能说，我们本该拥有无限自由来限制自己，因为限制终结自由。

所以，在我们的自由意志中，有着与现象和真实相同的一体两面性，即我们的自由意志仅仅是自由的“相”，而爱才是它的“真”。当我们竭力要让这一“相”独立于“真”之外时，我们的这种企图就会带来痛苦，结果也必将证明这样做只是竹篮打水——一场空。每种事物都有真（satyam）与幻（māyā），即现象与真实的二重性。仅就它的声音和有限的方面而言，言语是幻；就它的思想与无限的方面而言，言语是真。我们的自我是幻，这仅就它的个体性和有限的方面，以及将自身的分离绝对化而言。我们的自我也是真，这是就其认识到存在于普遍和无限、存在于最高我即 paramātman 而言。这就是基督在说“还没有亚伯拉罕，就有了我”的意义所在：通过存在于我之中的“有了我”表达出永恒的“有了我”。在认识到存在于无限之中的“有了我”的那种和谐的自由时，个体性的“有了我”就获得了圆满的归宿。随之就是解脱（mukti），从来自于无明即愚痴（avidyā）的幻相（māyā）的奴役中解脱出来，在真之圆满静寂中、在善的圆满行动中和在爱的圆满一致中获释。

脱离神而存在，不仅在我们的自我是如此，而且在大自然也是如此，这一点被我们的哲学家称为“幻”（māyā），因为这种脱离自身不能存在，它不能从外部对神的无限性进行限定。是“他”自己的意志对自身加以约束，正如同棋手通过挪动棋子来约束自己的意志一样。棋手更愿意掌握与每一个特定的棋子之间确切的关系，并通过这些限制来实现自己的力量之乐。

并不是说棋手不能随心所欲地挪动棋子，而是说，假如他这样做，就无法进行游戏。如果神设定了自己全能的角色，那么他的创造就必然会终结，而他的力量也会失去本来的意义。力量之所以为力量，必然要在一定范围中行动。神的水必然是水，地球也从来不会不是地球。让水和地球得以生成的法则，就是“他”所拥有的法则，他因法则而把游戏者从游戏中分离出来，游戏者的快乐能够持续正在于此。

通过这些法则的限定，大自然得以从神的手中分离，正如同这样，利己主义的各种界限也让自我从神的手中分离出来。“他”乐意为“他”的意志设定限制，并且已经赐予我们掌握我们所拥有的这一丁点儿世界。就像是一位父亲给自己的儿子提供一部分零用钱，但仅限于干他自己喜欢干的事情。尽管这依然属于父亲所有财产中的一部分，然而他将这部分财产脱离出自己意志的支配。这样做的原因在于，这种意志是爱者的意志，所以自由只在与另一种自由意志结为一体时，才拥有它的快乐。暴君必然拥有奴隶，并且会把他们只看做达到自己目的的工具而已。这种意识是他的必需物，让他能够碾碎奴隶们的意志，以使自身利益绝对安全。这种自我利益不允许他人拥有一丁点儿自由，因为它自身本就不自由。暴君确实是依赖着奴隶，所以他竭力要使得他们顺从于自己的意志，来让他们彻底地发挥作用。但爱人要将自己的爱实现，就必然拥有两种意志，因为爱的合卺是在和谐中进行，即自由与自由之间的和谐。所以，我们的自我从神的爱中得以形成，而神的爱又让自我与神分离。确确实实是神的爱，再一次建构和谐并通过分离，来将神与我们的自我结为一体。这就是为什么我们的自我要经历永无止境的革故鼎新。因为在分离的过程中，它无法永远进行。分离是一种界定[①]，它不断寻找自身的界限，并一次又一次地向着无限之源回溯。我们的自我不断地弃掷岁月，并在沉迷与死亡中一再蜕除自己的局限，只为实现永恒的青春。它的个性必然一次次地在普遍中显现，事实上每时每刻都在经历，任何时候都要让自己个性化的生活焕然一新。它必然每一步都要遵循永恒的韵律，并触及最基本的统一体，因此可以保持在美与力上的均衡分离。

生与死的剧本，我们随处可见——旧的摇身变为新。每天的清晨，白昼都会到来，光洁白皙，美艳如花。但我们知道它本是旧日。它就是年华。它就是那古老的日子张开双臂，拥抱新生的地球，将光明那白色的披风为它裹上，再将它送往众星之间朝圣的路上。

然而他的步履矫健，目光炯炯。配着不生不灭的永恒那金色的护身符，只要触碰到它，造物之前额上的一切皱纹全都消退。在正中世界的核心之处，永恒的青春矗立着。死亡和朽化在它的脸上投下短暂的阴影即匆匆而去。他们没有留下丝毫痕迹——而真则留下新鲜与年轻。

我们这地球的老之又老的白昼，一次又一次地在每个清晨呱呱坠地，并常常回返至一首乐曲的起始迭唱之处。如果它的行程是一条无限的直线式远征时，如果它没有堕入茫茫无尽的黑暗并做出骇人的逗留时，并且也没有在永无穷尽的开端的生活中，一再重复诞生的话，那么它将逐渐化为尘土并湮没了真

① 类似于“致知在格物”。

理，再将地球狠狠踩在脚下，散布从不停歇的地球之痛。随后，在每一时刻，都会将疲累的负担留下，衰老又在它永远肮脏的王位之上君临天下。

但每天清晨，白昼都在花朵绽放的新生中再次孕育，它重述着同样的讯息，更新着同样的断言：死亡永远在陨灭，骚动的海浪只是表面，安谧宁静的深海才超乎想象。夜幕撤除，真相浮现，它的外衣一尘不染，它的身形毫无岁月痕迹地舒展。

我们看到它光临万物，都是以同样的“今天”。创造的天籁之音的每一个音符，都从他的歌喉中初次轻吐。宇宙不仅仅是一个回声，如同一个无家可归的流浪人一样，在诸天中回荡——它是一首古老谣曲的回响，在万物悄然孕育萌生的时候曾向着他们奏唱，随后再分成单体。每时每刻，它都从造物主的心脏中传出，并以他的呼吸为呼吸。

就如同一种思想在一首诗歌中得以形成一样，这就是为什么它的声音会弥漫整个天空的原因，而且从来都不会因背负着自身不断累积的重量，而分崩离析、支离破碎。所以，生生不息的流变引起的惊异，无以计数的历险，个体永无止境的精进，每一种在造物中都无与伦比。始于终如同始于初，这开端永远不会终结——地球正是在亦新亦旧之间。

要明白这一点：确实是我们的自我，必然在人生的每一时刻都重获新生。它必定会打破一切幻象，这种幻象让我们置身其中并把我们裹挟住，让它的外表苍老，并用死亡压负着我们。

人生就是永远年轻，它憎恶岁月并试图阻挡它的征程——岁月从真相上说并不属于人生，而随附着人生，正如影子随附着灯一样。

人生如川流，击打着堤岸并不是因为发现自己被它囚禁，而是在每一时刻都实现更新，这种更新是朝向大海永无尽头的起始。一位诗人在每一个音步上都审音谐律，不是因僵化的规则而沉默，而是为了在每时每刻都能够因和谐一致的内在自由而尽情表达。

我们的个体性的疆界将我们猛然投入我们自身的各种局限中，一方面来说是这样，但另一方面来说也是促使我们抵达无限。只有企图将局限变得无限化时，我们才会陷入无法实现的矛盾之中并招致痛苦的失败。

这就是在人类历史上导致伟大变革的原因。无论何时，当部分蔑视整体，并想要促成自己独有的一种分离时，这整体巨大的牵引力就会将它剧烈扭转，并使它突然停滞而摔得粉碎。无论何时，个体想要拦阻世俗之力的滚滚潮流，并将它禁锢在自己特定用途的范围之内时，灾难必然降临。一个国王，无论多么强大，他都不能提高或违背力量的无尽源泉，即整体，然而它也是强大无比的。

也有这样的说法，小人总是得志，总能如愿以偿，立于不败之地，但最终他们将成为无源之水、无本之木，受着灭绝的煎熬。但假如我们获得了人性的伟大之处，就会把我们的根深深地植入普适之中。

我们的自我在寻求统一中泯灭。它必然在温柔与爱中低下头颅，并持守着能让伟大与卑微共处的位置。它必然在舍中得，在降服中崛起。如果它不能回到自己的母亲身边，那么它的游戏对孩子们来说就是一种恐惧，而且如果我们不能在爱中放弃人性的傲慢，那么它将成为对我们的一种诅咒。我们必须明白：只有对无限的揭示才是在我们中日日成新并且具有永恒之美的，而且能为我们的自我赋予唯一的内涵。

在爱中证悟

现在，我们步入无限与有限共生、最高存在与灵魂同在的永恒问题。位于存在的根源之处，是一个极点般的悖论。我们永远都不能绕开它，因为我们无法置身问题之外，也不可能以其他任何一种替代物来与之对抗。但这一问题只存在于逻辑中，在现实中，它根本不会给我们带来任何困难。从逻辑上说，尽管两点之间的距离很近，但由于可以无限分割，或有无限的可能。但我们每一步都与无限相交而行动，因此每一秒中都与永恒照面。所以我们的一些哲学家说，没有事物是作为有限而存在的；它不过是一种“摩耶”，一种幻象。真正的是无限之物，只有“摩耶”即非真实，才造成有限这种表象。但“摩耶”一词只是一个名，它无从解释。只能说它与真相关，是真的对立面的表象，但是二者如何同时并存为一体，确实玄妙难言。

在梵语中，我们有被称为“相违释”的词，即造物中的对立系列。例如，积极的一面与消极的一面，向心力与离心力，引力与斥力。这些也仅仅只是名，不是解释。它们只是有所区别的方法，用以肯定世界本质上是相互对立的力量的一种和谐。这种力量，就像造物主的左右手，以一种绝对的和谐来行动，然而却向着相反方向。

我们的双眼之间有着和谐的结合，这使得它们行动一致。同样，在冷热、光暗、动静之间也存在一种物理世界中无法割裂的相关性的持续，就像钢琴的低音音符和高音音符之间一样。这也就是为什么宇宙中的对立物不会引起混乱，而是保持和谐的原因。如果宇宙曾经只是混沌状，我们就应该去想象，两种对立原则相互之间正试图更好地相处。但宇宙并不处于严苛的法则之下，显得武断而朝令夕改。此时我们发现，并不存在可以胡作非为或循着自己的野性之路瞎冲乱撞的力量，像一个被流放的亡命徒一般，要去打破周围环境中的一切和谐；相反，每一种力量都会曲线式地回归到自己的均衡状态。浪头齐齐涌起，每一个都以一种看似不屈不挠的竞争般的气势，达到属于自己个体的高峰，但也只是到达一定的点。所以我们知道，海面的极大平静与所有的浪涛都相关，它们必然以一种绝妙、优美的韵律复归。

事实上，这些起伏不定也好，骚动不安也好，涨涨落落也好，都不是不相干的怪物迥异的扭曲，而是韵律生动地翩翩起舞。韵律从来不会在战役般的随意争斗中产生，它的潜在本质必然在于统一，而不是对立。

这种统一本质就是一切神秘之物的神秘之处。二元论的突然浮现，在我们的头脑中提出了一个问题，我们在“太一”中寻求答案。在最后时刻，我们发现了二元之间的关系，随之从本质上将它们看作一体，因此感觉到我们在走向真。然后，我们对这所有悖论中最令人惊讶的给予一种说法，“太一”显现为多，但一切表象却都与真对立又紧密相连，无法分离。

令人足够感到惊奇的是，当人们在自然的多样性中发现了规律的一致性时，人们丧失了这种神秘感，而它正位于我们所有兴奋的根源之处。似乎万有引力并不比一个苹果落地更为神秘，似乎生物从一个阶段进化到另一个阶段，比起造物的连续性来说，并不是更令人难以启齿的解释。困难在于我们经常在这一种规律前止步，似乎它就是我们寻求的终极目标，然后我们发现，它甚至不能为我们的精神释放喊“开始”。它只能愉悦我们的理智，而当它不能唤起我们全部的生命时，它只能在我们之中麻痹无限的感觉。

当分析一首伟大的诗歌的时候，它只是一系列相互分离的音节。读者要发掘作为内在介质而与外部音节相联系的内涵时，就会发现通篇灌注着一种完美的诗法，它从未越雷池一步。这就是思想逐层上升的法则，充满音乐美和形式美的法则。

但这种法则自身是一种局限。它只能让事物表现出它永远都是自己的样子。当一个人专心致志地忙于寻求因果关系的关联性时，他的心灵就会从事相的高压中逃离到规律的高压之下。在学一门语言时，当我们从一些词中掌握了单词的规律时，我们就有了极大收获。但如果我们此时停止寻求表面的随意组合背后的理性，而且只关注语言的构造奇迹时，我们就没有到达终点——因为语法不是文学，韵律不是诗歌。

当我们走近文学会发现：尽管它遵从语法规范，但仍然满是愉悦，它是无拘无束的。一首诗歌的美被严格的体式所限定，然而美总能飞跃限制。体式是诗的双翼，它们不会让它一直下坠，而会带它到自由的领地。它的形式中规中矩，而精神却归属于美。规则是走向自由的第一步，而美则是矗立于规则的根基之上的彻底解脱。美让自身在限制与超越中、规则与自由中和谐。

在宇宙这首诗中，发现它的韵律规则，测量它的膨胀与收缩、运动与静止，探求它的形势与特征的演变，这些都是思想的真正成就。但我们不能就此止步。这就像一个火车站，但站台并不是我们的家。只有他获得了终极真理，他才会知道整个宇宙就是一种喜乐的创造。

这导致我去思考，人类的心灵与自然之间的关系必然是有多么神秘啊！在运动的外在宇宙中，大自然是一种样子，而在我们的内心，在我们的内在宇宙，大自然展现出一幅风格全然不同的画面。

举个例子：一株植物的花朵。无论它看起来多么娇艳美好，它都要压服心意去做一项伟大的服务，它的色彩和花形也要适应它的任务。它必定要出产果实，否则植物生命的延续就会被打破，地球很快就会成为不毛之地。所以花朵的色彩和芳香都是为着某种目的；一旦蜜蜂传播花粉受精，孕育果实的时刻到来，它就会谢下精致的花瓣，残酷的自然运行之道也会迫使它交出甜美的芬芳。它已没有空闲来招展它的华服，因为它过分忙碌。从外部看来，需求看似是自然界的万物周流生息的唯一要素。蓓蕾长成花朵，花朵结成果实，果实变成种子，种子再长出新植物等等，这种活动链条的运行不会被打破。如果这里突然出现任何干扰或阻碍，则没有任何理由可以接受，而且那个乱了运行方寸的不幸物，会被迅速地归入废弃之列，并必然走向死亡再随之消散。在大自然的伟大华府中，那些难以计数的部门正在进行着永无止境的工作，你所注视的美艳花朵扮相俗丽、香气逼人，就像一个花花公子似的，但它绝不是所展示出来的那个样子，不如说它像一个在烈日和暴雨下辛苦劳作的农人，它必须提交一份明晰的工作账单，并且不会有任何喘息之机，让自己享受点玩笑嬉闹。

还是这同一朵花，当它映入人们的内心世界时，它实际极其忙碌的一面便退却了，成了闲逸与安宁的专有象征。同一事物，从外部来看是无尽行动的化身，从内部来看是美与和平的最好表达。

科学在这里警告道：我们犯了错误。一朵花的使命除了外观上所显示的，什么也没有，我们所认为的献给我们的芬芳与美，只是我们自造的，是没有依据的空想。

但是我们的心灵回答道：我们一点错都没有。在自然环境中，花朵有备而来，携带着荐举它拥有巨大能力去从事有用工作的介绍信，但是当它敲开我们的心扉时，它却带来一封完全不同的介绍信。美成了它唯一的资格。在此处它是以一个奴隶出现，在彼处却是一个自由物。那么，我们该怎样去相信第一封推荐信而不相信第二封呢？花朵在无法打破的因果链条中获得生命，这一点无可置疑地真实，但这只是外部真相。内部的真相是：一切物质都真正是从永恒之喜乐中产生。

所以，一朵花不仅在自然界有它的作用，而且在人类的心灵中发挥着另一种更伟大的作用。那种作用是什么呢？在自然界，它的工作是做一个臣仆的工作，即在特定的时间一展它的芳容，但在人类的心灵之中，它像一位来自君王的信使。在《罗摩衍那》[①]（*Rāmāyana*）中，当悉达（Sītā）被迫与她的丈夫分离，在罗婆那[②]（Ravana）的黄金宫殿悲泣自己的厄运时，她就遇到了一位信使，给她带来了爱人罗摩[③]自己的指环。正是这一幕让

① 《罗摩衍那》：与《摩诃婆罗多》并列为印度两大史诗，在印度文学上被称为最初的诗。

② 罗婆那：印度神话中的罗刹王，史诗《罗摩衍那》中写罗摩和众神的死敌。

③ 罗摩：史诗《罗摩衍那》的男主人公，后成为印度教祭奉的神。

悉达确信了所传的音信是真的，罗摩为她忧烦。她马上消除了疑虑，相信他的确是从她的爱人处来，她的爱人并没有忘记她并且会马上来解救她。

这样的一位信使，就是自我们的至上爱人处到来的一朵花。它被俗世的华彩壮丽所包围，或许就与罗婆那的黄金城相关，但我们依然处于流放之中。同时，繁华尘世的粗鲁无礼的精神，还在以各种诱惑和呼吁让我们成为他的新娘，来引诱我们冒险。适在此时，花儿从彼岸世界带着捷报穿越到来，并在我们的耳边悄声细语道："我来了。他派我来了。我是美的特使，我的灵魂充斥着爱的极乐。他已经为这座孤岛搭桥，而且他并没有忘记汝，并且现在就将解救汝。他会牵你到他面前，并且让你为他所有。这种想象画面也不会让你永远处于受奴役状态。"

如果我们那时恰好觉醒，我们就会询问他："我们怎么知道你真的是从他那里来的呢？"信使说道："看啦！我有从他那里得到的指环。它是多么鲜亮迷人啊！"

噢，无疑是他的——千真万确，这是我们订婚的指环。现在，所有的一切都归于遗忘，只有这永恒之爱碰触的甜蜜象征，用一种绵绵的期冀盈满心怀。我们已经认识到，我们所处的黄金宫殿与我们没有丝毫瓜葛——我们的解脱在它之外——在那里，我们的爱才结出果实，我们的人生才得以完成。

对蜜蜂来说，大自然就是色彩与芬芳，那些向蜂蜜昭示着准确路途的在标记，都作为必需品而无拘无束地通向人类心灵的美与乐。它们为心灵带来了一封用多彩的墨水书写的情书。

所以，我可以告诉你，无论我们生气活泼的大自然外表看起来可能多么繁忙，在她的内心都有一所秘密的心房，在那儿她来去自如，无论怎样都不加任何思虑。在那里，她工作间的火焰变换成盛宴之火，她的厂房的轰鸣听起来好似音乐一般。大自然中的因果铁律在外部听来重重响起，然而在人类的心灵当中，它那纯净的快乐似乎在回响，好似竖琴的金属弦音一样。

这一点看起来确实很奇妙，即一体的大自然同时有着迥然相异的两方面——一方面是奴役状，一方面是自由状。同样的形式、声音、色彩与味道，听到的却是两种截然相反的音符——一种是需求，一种是喜乐。从外部来看，大自然忙碌不休，从内部来看，她一派沉静与平和。一方面她劳累辛苦，一方面她又安逸清闲。当你从外部审视的时候，你只能看到她的奴役状态，但是在她的内心世界却充满无尽的美。

我们的先知说道："所有一切造物从喜乐中涌现，因喜乐而持续，向喜乐而前进，最后入于喜乐。"

并不是说他忽略了规律，或者说他对无限喜乐的思索是因耽溺于抽象思维而中毒所产生。他完全承认自然界中不可抗拒的法则并说道："火因对他的恐惧而燃烧，太阳因对他的恐惧而照耀，风、云和死亡都因对他的恐惧而恪尽职守。"这是一种铁律的统治，为惩戒哪怕一丁点儿入侵也摩拳擦掌。然而诗人又吟诵起了那首快乐的谣曲："所有一切造物从喜乐中涌现，因喜乐而持续，向喜乐而前进，最后入于喜乐。"

"永恒的存在在喜乐的形式中显现自身（Ānandarūpamamritam yad vibhāti）。"它在造物中的显现已经超越了喜乐的全部。正是这无限喜乐的天性在规律的形式中证悟自身。喜乐无形无相，因此必须创造，必须将自身转化成其他形式。歌手的喜乐是在歌唱中表达，诗人的喜乐则是在诗歌中表达。人类以创造者的角色时刻创造出各种形式，并让他的无限喜乐显现出来。

这种喜乐的别名叫作爱，它必然因自身的本质而具有二元性以证悟自身。当歌手获得灵感，他会将自身分置于二体：一个在“他”之内，另一个则作为听者存在，外界的观众都只不过是这另一个的自己的延伸。爱人在自己的所爱中追寻属于他的另一个自己。正是喜乐为了穿越实现统一的障碍而证悟，才创造了这种分离。

那“amritam”，即那永恒的狂喜让他一分为二。我们的灵魂是他的所爱者，是他的另一个自我。我们是分离的。但假如这种分离是绝对的，那么在这个世界将一直是绝对的痛苦和难以减轻的罪恶。这样，我们就永远不能经非真理而收获真理，永远不能期待从罪恶而净化心灵。这样，一切对立都将永远保持对立，我们永远不能找到一个中介来让我们的差别时时趋于融合。这样，我们就没有语言，没有思维，没有心灵的融汇，没有生活的协作。但是相反，我们发现事物的分离处于流动状态。它们的个体性时刻变动不居，相互碰撞交融，直到科学本身成为形而上学，物质丧失了自身的界限，生命的定义越来越趋近无限。

是的，我们单个的灵魂一直是与最高灵魂相分离的，但这不是出于异化而是出于爱的完整。确实是因为这个原因，即非真理、苦难、罪恶都不会成为常态。人类的灵魂藐视它们，战胜它们，拒绝它们，并且能够将它们全部转化成新的动力与美。

歌手歌唱他的歌曲，他的喜乐具备了形式，听者必须将他的歌唱还原成最初的喜乐，然后歌者和听者的联欢得以完成。

无限的喜乐以各种各样的形式呈现自身，在规律的奴役中开始，并且在我们从各种形式回归到喜乐、从规律回到爱的时候，在我们解开无限之结并受命回到无限的时候，我们就实现了我们的命运。

人类的灵魂就行进在从规律到爱的路上、从戒律到解脱的途中、从道德层面到灵智层面的过程。佛陀曾开示过自制和道德生活的戒律，这是对规律的完全接受。但是这样束缚于规律并不是对自身的一种终结。通过彻底掌握规律，我们就能获得超越它的各种方式。这是对梵的依归，对无限的爱的依归，以此而通过在规律的具体形式中显现自身。佛陀将此称为“Brahma-vihāra”，即生存于梵中的喜乐。根据佛陀所说，想要达到这一境界的人，“不欺人，不怨人，不嗔怒。他对于一切造物的爱无可限量，甚至如一位母亲对自己唯一的子女一样，用自己全部的生命来呵护。位其上者，在其下者，其周围者，他统统都施予他的爱，既无疆界，亦无阻隔，远离一切残忍和敌对。直至入梦，一生立、坐、行、卧，要在践行宇宙之善中常存此意”。

爱的缺失是某种程度的冷酷麻木，爱的奉献是心识的圆满完善。与其说我们不爱是因为我们不理解，不如说我们不理解是因为不爱。因为爱是围绕我们的万物的终极意义。它不仅仅是一种情感，它还是真理，它还是位于一切造物根源之处的喜乐，是自梵天处射出的一道纯粹意识的白色光芒。所以，与此结合为一，与这种存在于外部宇宙也存在于我们内在灵魂的纯感觉结合为一，我们就必然能够到达心识的巅峰——爱：“如果天空不再充满喜乐，充满爱，谁还能够再呼吸或动弹（Ko hyēvānyāt kah prānyāt yadēsha ākāça ānandō na syāt）？”正是通过将我们的心识提升到爱之中，并将其推衍到全世界，我们才共享无限喜乐。

爱在无尽的赐予中不由自主地奉献自身。但是，如果我们不是通过爱而获得爱，即那位恩赐者的话，这些赐予就会失去它们全部的重要意义。要那样做，我们就必须用我们的心灵去拥有爱。一个没有爱的人，只会从功利性上来对那位爱人的赐予做价值判断。但是功利是短暂而片面的，它永远都不能占据我们的整个生命。某物有用只会在我们对它有所需求之处才会触及我们。需求一旦满足，如果它仍没有退却，功利就会成为一种负担。从另一方面来说，当我们的内心有了爱时，对我们来说，仅仅是一个象征也具有永恒的价值。因为它不为任何特殊的用途所用。它自身就是目的，它是为了我们的整个生命，所以永远不会让我们厌倦。

问题在于，我们以什么方式接受世界——这个喜乐最完美的礼物？我们是否能够一直用我们的内心去悦纳它，在那里，我们将万物奉为对我们有着永恒价值的神明？我们发疯般地忙于利用宇宙的诸多力量来获取越来越多的权力，我们从宇宙的仓库中获取衣食，我们争抢它的财富，对我们来说它成了一个激烈竞技的场所。但我们是为此而诞生吗？是为了延伸我们对这个世界的所有权，并让它成为一个市场化的商品吗？当我们全部的思维都致意于利用这个世界时，它就会失去对我们的真正价值。我们用我们利欲熏心的欲望让它变得廉价，所以到了最后时刻，我们只能竭力以它为食而错失它的真理，就像一个贪吃的孩童从一本珍贵的书上撕下几页，然后试图吞下它们一样。

在一个盛行吃人的地方，人把人看作食物。在这样的一个国家，文明永远不会萌生，因为在那里人类失去了他的更高价值，事实上也是等同俗物。但是也有其他种类的吃人方式，可能并不如此野蛮，但穷凶极恶一点都不少，这种情况不需远行就能被发现。在文明程度较高的一些国家，我们会发现有时人类只被看作肉体，被带往市场只以肉体的价格买卖。偶有时候，他会因自己能被使用而获得唯一价值。他成了一部机器来进行金钱交易，追逐更多的利润。所以我们的欲望，我们的贪婪，我们对安逸的恋慕，让本已廉价的人类跌到了价值的最底层。这是一种更大范围的欺骗。我们的双眼蒙蔽了存在于人类的“真相”，造成我们对自己所拥有的灵魂的最大错误。它让我们的心识麻木不仁，并且是一种慢性的精神自杀方法。它在文明的机体上制造邪恶的疮孔，滋生它的贫民窟与妓院、心怀毒意的刑罚、残酷的监狱制度，以及剥削外族的组织性方法，即剥夺他们的自治原则和自我防御手段而达到长久地侮辱损害他们的程度。

当然，人对人是有用的，因为他的身体是一架惊人的机器，他的思想是一个有着奇妙效果的器官。但他也是一种精神，而这种精神只能由爱才能真正了解。当我们以可以期望的劳务的市场价格来判定一个人时，我们对他的了解是不完整的。凭借对他有限的这点了解，我们极不公正地对待他们就会轻而易举，而且由于我们具备的一些冷酷的优势，我们会很轻易地觉得扬扬自得、沾沾自喜，因为我们从他身上获取的比我们付出的多得多。但是当我们了解到他是作为一种精神的时候，我们就会明白他和我们所拥有的一样。这样我们立即就会感觉到：对他的残忍就是对我们自己的残忍，造成他的低贱就是我们人性的损失，出于个人利益而处心积虑地一味利用他，我们仅仅得到了金钱或安逸，却付出了真理的代价。

一天，我在恒河上驾船出游。这是秋天的一个美妙的傍晚。太阳刚刚西沉，寂然的天空里满是那难以言喻的平和静美。浩瀚的水面没有一丝涟漪，如镜般倒映着日落时分晚霞绮丽多变的流影。绵延数英里的孤寂恒河沙岸躺卧在那里，如同某个洪荒时代的一只巨硕无匹的两栖动物，浑身的鳞甲闪烁着华丽的光彩。我们的小船在遍布着迁徙而来的鸟群巢穴的险峻河岸中静静流逝着，突然，一条大鱼跃出水面后迅即消逝，在黄昏时分天幕下的泛彩流光中一展它转瞬即逝的身形。它将多彩的帷幕拉开的片刻，便现出了幕后那一个充满生命之喜乐的安谧世界。伴随着优美的舞蹈般的律动，它从神秘的居室深处骤然现身，给即将消逝的白昼那静谧的交响乐添上一段自己独有的和声。我仿佛觉得我受到了友善的问候，它来自一个陌生世界，用着它们独有的语言，一阵兴奋的快感顿然萌生而抚慰着我的内心。但突然，舵手以令人遗憾的尖嗓子高呼道："哇，好大的一条鱼啊！"随即，这样的一幅图景在他的眼前浮现：鱼被捞出，准备作为他的晚餐。他只能从自己欲求的角度来看待这条鱼，所以他就失去了鱼之存在的全部真理。但是，人并不纯粹是动物。他还渴求着精神性的幻象，它就是全部真理的形貌。它赋予他以最高荣耀，因为这种幻象向他揭示出了存在于他与自然之间存在的最为深沉的和谐。确实是我们的欲望，局限着我们自我实现的范围，阻碍着我们心识延伸的领域，并滋生着罪恶——这个把我们与我们的神隔绝的最幽深的屏障，设置着分裂和专横排外的关卡。因为罪恶不仅仅是行动，它还是一种生命态度：即理所当然地认为我们的目标是有限的，我们的自我就是终极真理，并且从本质上来说，我们所有的人并不是一个整体，而是为了自己孤立的个人实体而单一地生存。

所以我要重申：除非我们对人类有了爱，否则我们永远不会对他持有正确的观念。文明必须得到判断并被认可为具备价值，但不是根据它已培植了多少权力，而是根据它促进和承载了多少，根据它的法律和制度，根据基于人性的爱。它所包含的第一个以及最后一个问题都是要回答：文明是否承认人类更是一种精神而不是一部机器，以及这种精神性的程度有多少。无论什么时候，某些古代文明的衰亡或消逝，其原因都是由于心灵麻木不仁而使得人类价值贬低所导致。当政府或是某些权力集团开始将人类仅仅看作自己的利欲工具的时候，当迫使弱小民族沦为奴隶，并企图为了让他们保持低贱而无所不用其极的时候，人类就是在腐蚀自己崇高性的根基，就是在摧残自己热爱自由与公平竞争的基石。文明从来不会因任何形式的人吃人而使自身得以延续。因为唯有人类才真正是在爱与正义的滋养下成长的。

宇宙正如同人类一样。当我们透过欲望的面纱来审视这个世界的时候，它就会变得渺小而狭隘，并且无法感知它的全部真理。当然，世界为我们服务并满足我们的各种需求，这是显而易见的，但我们与它的关系并不到此为止。我们一定要用一种比需求更为深刻和真实的关系来与它结合。我们的灵魂被它吸引；我们对生命的爱，也的的确确是我们想要与这个伟大的世界维持这种关系的期待。这种关系就是爱之一。我们很高兴身处其中，并用从地球延伸到群星的细密针线将它和我们紧紧缝合在一起。人类愚蠢地试图要证明自己的优越性：即凭借想象力实现与他所称的物质世界的彻底分离。在人类盲目的狂想中，有时会到完全愚痴的程度，把世界当作自己最可怕的敌人。然而人类的知识越进步，想要确立这种分离就越有难度，而且人类围绕自身所设置的一切想象性的界限，统统会依次消失。在每一次我们丧失某些绝对的特征性徽章时，都会蒙受耻辱的冲击，因为这种徽章授予我们的人性以权利，来让自己有别于周围事物。但我们不得不屈服于这一点。如果我们将我们的自豪建立在自我实践的途径上，并以此造成分离和割裂，那么这种自豪迟早都会被真理的车轮碾碎而灰飞烟灭。不，我们并不因某些怪异的优越性而负担沉重，单一的割裂毫无意义。生活在一个算起来比我们的灵魂所属的小得多的世界，这将是一种彻底的堕落，正如同从出生到死亡的那一刻，日夜都被一大群奴隶所围绕和侍奉也是一种腐化和堕落一样。与此相反，这个世界是我们的伙伴，不仅如此，我们和它还是一个整体。

凭借我们在科学方面的进步，世界的整体性和天人的统一性在我们的思维中逐渐清晰。当这种对于统一的完美感知不仅仅存在于理智的时候，当它将万物的那种光明的心识向着我们的整个生命开辟时，它随之便成了一种光芒四射的喜乐，一种四处泛滥的爱。我们的精神在整个世界中发现了更大的自己，并且充满了它将永恒不灭的绝对肯定。它在自我的围墙中九死一生，因为分离即注定着灭亡，它无法成为永恒。但是在一与一切合一之处，它就会永生，因为那里有其真，有其喜。当一个人在自己的灵魂中，感觉到整个世界生命的灵魂那跃动的旋律时，他就解脱了。随即他便跃入了那座秘密殿堂，在那里，蒙着多彩面纱的宇宙新娘——“有限”与身着洁白无瑕的礼服的新郎——“最高我”之间的婚礼正在进行着。随后，他了解到自己也是这场辉煌的爱之欢宴的座上客，并且是本次永恒华筵的荣誉嘉宾。紧接着他就理解了先知诗人所吟唱的要去的含义："所有一切造物从喜乐中涌现，因喜乐而持续，向喜乐而前进，最后入于喜乐。"

在爱中，所有一切的矛盾都融合消失。也只有在爱中，一体二元不相背离。爱必然既是一又是二。

只有爱是动静一体的。我们的心灵时刻都在变换位置，直到它找寻到爱才会静下来。但是这种平静本身，是一种强烈的行动方式，此时彻底的静止与无休止的能量在共同的爱之点上交汇了。

在爱中，得失俱已和谐。在它的平衡表中，贷方和借方的账户属于同一栏，赠予就是在增加收获。在造物的这个精彩节庆中，在神的自我牺牲的崇高仪式中，爱人者不断地舍弃自己又在爱中获得自己。确实，爱就是如此：将舍弃与接受的行动一起带来，并将它们不可分割地联系在一起。

在爱的一个端点，你会发现个人，而另一端则是非个人。在这一端，你可以肯定地宣称：我在此。而在另一端，断然否决则是等同的：我不在此。无我，那则什么是爱呢？再者，唯有我，则爱如何可能呢？

在爱中，奴役与自由并不对立。因为爱是最为自由的，同时也是最受束缚的。神如果绝对自由，那么就没有造物可言。无限之存在已经把自己假定为界限之神秘。正是那无限之存在，他爱着有限与无限，并将二者融合为一。

与此类似，当我们谈论自由与非自由的相对价值时，它就仅仅成了一种语言文字游戏。并不是说我们单单需要自由，我们对束缚也是有需求的。迎接一切有限并超越之，这正是爱的最高功用。只因无物能比爱更独立，复言之，我们又能在其他什么地方，找到如此具有依赖性的东西？在爱中，束缚与自由同样辉煌高贵。

毗湿奴教派勇敢宣称：“神已经与人结合，在这种结合中存在着人类的最高荣誉。”在这个有限之美妙旋律的魅力中，他在方方面面都为自己套上枷锁，所以才能在他最完美的美之风雅吟哦的乐声里，倾吐他的爱。美是我们心灵中他的求爱；它没有任何所图。它处处都告诉我们：权力的展示不是造物的终极意义。哪里有一丝色彩，一声曲调，一幕身姿的优雅，哪里就召唤着我们的爱。饥饿迫使我们屈从它的淫威，但饥饿并不是对人的最终宣判词。曾经有人故意地去否决它的命令，以此彰显人类灵魂并不为匮乏之重压和苦痛之威胁所迫。事实上，要过属人的生活，我们就必须对抗每日的需求，至卑者和至尊者都一样。但从另一个方面来说，宇宙之中存在着美，它永远都不会有损于我们的自由，甚至永远不会哪怕伸出它的小拇指，来让我们接受它的统治。我们绝对可以无视它，并且不受惩罚之果。它是对我们的一声召唤，但不是命令。它以在我们之中追寻爱为目的，而爱从来不会因强迫而产生。千真万确，强迫不是对人类的决定性力量，喜乐才是。喜乐以任何形式处处存在：它在绿草如茵的地上，在天朗气清的蓝天下，在春天郁郁葱葱的繁茂中，在惨白的冬日的肃穆收敛中，在让我们的机体富有朝气的健壮肌肉中，在人类形象的完美平衡、高贵、正直中，在生活中，在我们一切力量的践行中，在我们知识的积累中，在与邪恶的斗争中，在渴望我们从未分享的收获中。在那里喜乐到处都在，乃至是多余的，不必要的。不仅如此，它还常常反对需求那最为专横的命令。它的存在，就是为了显示：规律的镣铐只能由爱来解开，它们就如同身体与灵魂。喜乐就是“太一”之真理的证悟，我们的灵魂与宇宙以及宇宙灵魂与最高爱者的合一的证悟。

在行动中证悟

喜乐是借助规律来表达自身，只有明白这一点，人们才会去了解规律并超越规律。并不是说规律对它们的束缚已经中止——而是说这种束缚对它们来说已经成为自由的某种化身。解脱的灵魂因对束缚的悦纳而欣慰，并且不再百般设计试图逃避任何约束。因为在每一次束缚中，那解脱的灵魂都感受到了一种无限能量的显现，而它的喜乐正是在创造之中。

实际上，在没有束缚之处，放纵的疯狂就会充斥，灵魂的自由就会戛然而止。在那里它会受伤，在那里它会与无限分离，在那里它会因罪恶而歇斯底里。每当诱惑一呼唤，灵魂从规律的支撑中倾斜而背离时，就像一个孩子从母亲的怀抱中要被夺走，他大声哭喊："别打我（Mā mā himsīh）！"，然后祈求道："抱紧我，噢，用您的规律将我抱紧；拥抱我的身心；抱紧我；让我在你规律的环绕中与你的喜乐一起呼吸；用你牢固的怀抱护持我，免受罪恶那致命的疏忽。"

正是由于一些人认为规律是喜乐的对立面，是对喜乐错误的毒化，所以在我们的国家才会有很多人臆断：行动是对自由的拒绝。他们认为在物质层面存在的行动是对灵魂自由精神的限制。但是我们必须牢记：喜乐是在规律当中表达自身，所以灵魂要在行动之中追寻自由。因为喜乐不能单纯通过自身寻求表达，它期冀着在它之外的规律。同样，因为灵魂也不能在自身当中找到自由，所以它渴望着向外的行动。人的灵魂时刻都在打开它行动的包裹以使自身得到释放，否则它一直都不会去干任何本来是心甘情愿的工作。

人越行动，越让潜在于他之中的东西变成现实，就越接近遥远的彼岸（Yet-to-be）。在这个实现的过程中，人时刻都在让自己变得越来越卓越，并且在自己不断更新的行动中、国家中、社会中的那些“苟日新，日日新，又日新”的方面，更为清晰地审视自己。这种视角导向自由。

自由不在黑暗之中，也并非模糊含混。没有界限是如此可怕，就像蒙昧一般。正是为了逃出这种蒙昧，种子才要奋力发芽，花蕾才要绽放。存在于我们的思想中，那些想要摆脱被茫然封锁的想法，它们在不断地找寻机会，与外部的形式相结合而走出来。我们的灵魂也运用同样的方式，只为从平庸中解脱并进入开放，正在为自己持续地开创新鲜的活动领域，并且正忙于谋求新的行动方式，甚至为了世俗生活的目的也无必要。为什么？因为它渴求自由，渴求认识自己、证悟自己。

当人砍倒瘴疠般的丛林而开出一片花园时，他就将美从丑陋的围栏中释放了出来，这正是他自己灵魂的美：如果不赋予它以外部的自由形式，他就不能释放内在的那种美。当他将律法和秩序植入社会的动荡中时，他从邪恶的阻隔中解放出来的善正是他所拥有的灵魂的善：如果未曾实现外部自由，他也不能追寻到内在的自由。所以这就是人类不断地在行动中释放他的力、他的美、他的善和他特有的灵魂。他在这方面做得越成功，就越能认清自己会有的伟大，他对自我认识的范围也越宽广。

《奥义书》中说道：“只有在行动之中，你才能期望活一百年。”这正是那些充分品味到灵魂之喜乐的人们的格言。那些已经彻底证悟灵魂的人们，从未以忧伤的语调谈论人生的悲哀或行动的奴役。他们不像纤弱的花，它的茎秆如此柔细，乃至于还未结果就逐渐断裂。他们用全部的力量掌控着生命并坦言：“果实不成熟我们绝不松手。”他们只求全力以赴地在生命和工作中展现自己的喜乐。苦痛和悲伤都不能让他们灰心丧气，他们也不会折却本心的重量而向微尘卑躬屈膝。挺立着凯旋的英雄般的头颅，他们行进在自己的人生当中，通过种种悲喜来加增灵魂的辉煌灿烂，并且在其中审视和显耀着他们自己。生命的喜乐一直与塑造和打破整个宇宙的那些游戏的力量，保持着同一步伐。阳光的喜乐，自由流动的空气的喜乐，与它们相融合的各种生命的喜乐，一起构成了一种内外完美和谐的统治。正如他们所说：“只有在行动之中，你才能期望活一百年。”

这种内在于人的生命的喜乐和劳作的喜乐是绝对真实的。说它是我们所有的一种幻觉，说我们想要踏上自我实现之途就不得不将它抛开，这些都是没用的。如果远离行动的世界，它永远不会践行一丁点儿的善来尝试对无限的证悟。

人类因被迫才行动，这不是事实。如果存在被迫的一面，那么也存在快乐的另一面。一方面行动是受需求的驱使，一方面也受着成果自然而然的催促。这也就是为什么当人类文明进步，他为了自己而心甘情愿地增加自己造成的义务和工作。有人本以为：大自然已经充分给予人类足够繁忙的事情，事实上，那不过是以饥饿和焦渴来鞭笞着他走向死亡——但并不是这样。人类并没有充分考虑此事。他们不会仅仅满足于做那些大自然也同样提供给鸟兽的事情，就此一劳永逸。他需要的是：必须超越一切，甚至在行动方面。没有生物像人类这样，不得不如此辛勤地工作。他一直激励自己在社会中奋斗出一片广阔的行动空间。在这一空间当中，他为着每一次的创建与摧毁而努力，为着各种律法的制定与废除而努力，他累积大量物质，又不断思索、探寻和承受苦难。在这一空间当中，他进行着最为猛烈的战争，获取着不断更新的生命，他让死亡变得荣耀，不但从不回避困难，而且心甘情愿地不断担负起新困难的重任。他已经发现了这一真理：即在他眼前环境的牢笼中，他是不圆满的，他比自己的当下更伟大；停留在原地不动可能是舒适的，但对生命的绑架破坏了他的真正作为和存在的真实意图。

这种“大毁灭”（mahatī vinashtih）他不能忍受，他吃尽苦头受尽磨难，只为超越当下而能获得成长，只为促成未来的他。在这种分娩的阵痛中才能有人类的荣光，正是因为明白这一点，他才不会竭力限制自己的行动范围，而是不断地为扩充边界而努力。有时他会漫步得很远，以至于他做的事情都失去了它的本意，他围绕着不同中心的来回剧烈行动，造成了可怕的旋涡——如自我利益的旋涡、因强势而狂傲的旋涡。尽管如此，只要流向没有丧失，就无须恐惧，人类的障碍物和腐尸般的堆积物都会被冲散并流走，这种前冲力会纠正自己犯下的错误。只有灵魂因停滞而休眠，它的敌人才会获得压倒性的力量，这些障碍物才会变得淤塞难通。所以，我们一直都受着老师的告诫：为了工作必须活着，为了活着必须工作。生命与行动紧密联系，不可分割。

生命的特点正在于自身的内在方面是不完善的，所以才必须要向外显现。生命的真理就在内外交流之中。为了生存，身体必须和外界的阳光以及空气保持种种关系——不仅是为了获得生命力，而且是为了显现生命力。试想一番，身体要如何忙于自身内在的各种活动：它的心跳一秒钟也不能停止，它的胃、大脑必须不停地工作。然而这还不够，身体对外界的活动始终不能停止。它的生命带它跳起一支工作与玩乐之舞，永无止境地向着外界舞动；它不能满足于其内部系统的循环流通，只有在外界的远足旅行中才能发现喜乐的完成。

灵魂也是如此。它不能依赖自己内在的感觉和想象生存，它时刻都需要外部事物。不仅是滋养其内部的心识，而且是在行动中应用自身，不仅是接受，而且是给予。

真正的事实在于，如果我们将真理一分为二就无法生存。我们必须安于其内，正如安于其外一样。在任何一个方面，我们拒绝他就是欺骗自己，并会招致损失。“梵与我同在，我亦不离梵（Māham brahma nirākuryyām mā mā brahma nirākarōt）。”如果我们认为我们单单在内观中就能证悟他，并且在外界的行动中可以离他而去；如果我们认为我们可以通过内心的爱来欣赏他，而无须通过外在的顶礼来膜拜，或者认为的是完全相反的一面，并且在我们人生的探索过程中将自我这一边看得太重，如果那样的话，我们就会步履不稳直至倒地不起。

在西方世界，我们看到：主要是从人类外部世界的延伸来关注人类的灵魂，权力施行的开放空间就是灵魂的范围。他们的嗜好完全在于所扩张的领地，而将内在的心识领域完全束之高阁——更有甚者，几乎从不相信，但这一领域才是成就感的所在。成就感的完善看似并不存在，西方人在这一观点上所行渐远。他们的科学一直在讲述着永无尽头的世界进化，他们的形而上学也开始讲述上帝的进化了，他们都将不会承认上帝“在”，而是让他“正在生成”。

他们没有认识到：无限始终比任何可以确定的有限都更大，它也是圆满无缺的。一方面梵在进化着，另一方面他也是完美的。在此方面他是本体，在彼方面则显为相——同时共在，正如歌曲和歌唱。只说歌唱正在进行，所以没有歌曲的存在，这就像忽略了歌手的意识。无疑，我们可以直接感受到歌唱，而从来不会有一次将歌唱与歌曲看作一个整体，但是难道我们不是一直都清楚：全部的歌都在歌手的灵魂当中吗？

正是由于对这些正在进行和将要形成的行为的坚持，我们可以觉察到西方已经中了权力之毒。他们看起来已经下定决心，要凭借武力掠夺和控制一切事物。他们将一直顽固地行动并且没有完成的时候——他们绝不允许僵死在事物天然的结构之中——他们不懂得完成的美。

在我的祖国，危险却来自相反的方面。我们只偏好内在世界。我们傲慢地将权力领域和延伸空间抛到九霄云外，只通过在梵的圆满中冥想来证悟他，决意不在他演化的过程中，借助他与宇宙进行的交流来审视他。我们经常在那些探索者身上发现精神迷醉和随之而来的堕落，而这正是原因所在。他们的信仰可能承认没有规律的束缚，他们的想象力就毫无限制地奔涌，他们的行为也鄙弃提供任何解释进行说明。他们的理智试图从造物中见到与其密不可分的梵，却劳而无功，这样的劳作十足是干巴巴的，他们费尽心思地想要把梵禁锢在自己的种种冲动之内，在如同喝醉一般的情感放荡中意乱神迷。由于忽视了存在于外部宇宙中的规律约束和行动主张，他们甚至不能保持在任何标准之内，并运用该标准，去评判维系人类气概的力量与特色方面的缺失。

但是真正的精神，正如我们的圣典所教导的那样，是在力与内外相互关系方面，平静地达到均衡。真理有它的规律，有它的喜乐。一方面，它被反复颂扬，“Bhayādasyāgnistapati（火因畏惧他而燃烧）”，另一方面又唱着“Ānandādhyeva khalvimāni bhūtāni jāyante（万物从喜乐而生）”。如果不服从规律，是不可能获得自由的，因为梵一方面被他的真理所束缚，一方面又在它的喜乐中得到解脱。

以我们自己来说，只有在我们全身心地服从真理约束的时候，我们才能彻底地获得自由的喜乐。这是怎么回事呢？正如同琴弦要缚在竖琴上一样，当正确地收紧琴弦，全部的系缚没有一丝松弛的时候，就只会有乐声产生。此时优美的旋律超越了琴弦自身，在每一次的和弦中找到了它的真正自由。正是因为它一方面被这不容一丝变更的规则所约束，它才能在另一方面发现音乐的自由度。当弦没有被正确地收紧时，它确实只是被束缚。但束缚的缓和并不是通向自由的途径，自由只能是绷得越来越紧并且到一个准确的定位时才能完全实现。

只要我们没有按照真理的规律，将人类义务的高音弦和低音弦稳定不变地维持在协调状态，那么它就只能是束缚。我们也不能以自由的名义，称呼那些松弛的弦为不活动的静止状态。我认为真正的奋斗在于真理、“达摩”的探索中，它不会在缺乏行动中形成，只能是在将它调和得紧到始终保持和谐时才会产生，这就是为什么我这么说的原因。这种奋斗的格言就是：“无论从事何种事务，都将它奉献给梵。”也就是说，灵魂通过它的一切活动而将自身献身于梵。这种奉献是灵魂的歌唱，唯有身处其中才是它的自由。当所有的行动都成为与梵合一的途径时，当灵魂停止向着自身的欲望不断复归时，当我们的自我奉献精神在此变得越来越强烈时，喜乐就实现了它的统治，随之就产生了圆满、自由，接着在这个世界中，神的国度就会降临。

是谁，坐在角落里，嘲弄着人类在行动中的这种伟大的自我表达，这种不懈的自我献祭？是谁，认为人与神的结合只能发生在自我想象的不为人所见的愉悦中，并远离高可摩天的神庙中人性的伟大崇高，而这座神庙是世代以来的全部人类，在烈日暴雨中历尽艰辛才得以矗立的？是谁，认为与世隔绝的沟通才是宗教的最高形式？

哦，你这心神狂乱的流浪者，你这“桑雅生（托钵者）”，你狂饮着自我陶醉的鸩酒，难道没有听到人的灵魂穿行在全人类广阔的空间中前进的声音吗？前行中的成就之车正发出如雷霆般的隆隆声，它注定会超越所有阻碍它向着宇宙扩展的束缚。天幕之下，旗帜迎风招展，如耀武扬威般行进着，在它的面前，山峰正在碎为齑粉为它让道；正如旭日初升时的薄雾四散，那些纠结交缠的障碍物在不可抗拒的接近之时也消失一空；痛苦、疾病和混乱节节败退；愚痴之障被狠狠推开；无知蒙昧被刺穿；看啊，财富与健康、诗歌与艺术、知识与正义的理想国度正逐渐在视野中浮现。你毫无生气，是否愿意认为：正沿着历史坚强有力的通道前行的人类之车，它的胜利进军震撼着整个地球，它有车手驾驭它走向自己的成就之地吗？是谁在拒绝回应，呼唤让它加入此次胜利进军呢？是谁如此愚蠢，要逃离这幸福的聚会而一心要在毫不作为的萎靡中去寻求他呢？是谁如此沉浸在非真实世界，竟敢将这一切称为非真实——这伟大的人类世界，这不断延伸的人类文明，这不懈的人类拼搏，经历过悲伤的低谷，经历过兴奋的巅峰，经历过里里外外难以计数的艰难险阻，终于因他的力量而赢得胜利？将人类的伟大成就认为是一场惊天大阴谋的人，他是否真的相信真理即神呢？认为逃离世界就能抵达神所得人，他在何时何处与他期冀的神相遇呢？他能逃多远——他能逃了又逃，直到逃入一种不存在的境地吗？不，想要逃离的懦夫在任何地方都找不到神。我们必须足够勇敢地宣布：我们就在此时此处与神同在。我们必须确信：我们是在行动中实现自己，所以我们也是证悟着他——他是我中之我。我们必须获得权利，毫不犹豫地主张：用我们的努力，清除行动之路上的一切阻碍、一切失序、一切不协调。我们必须敢于宣布："在我的工作中是我的喜乐，在那种喜乐中，我的喜乐之喜乐会一直留存。"

谁才是《奥义书》所称的"知梵者的领头人（Brahmavidām varisthah）"呢？他被这样定义："他是行动者，在梵中喜乐，在梵中游戏（Ātmakrīrha ātmaratih kriyāvān）。"没有喜乐之游戏的喜乐，根本不是喜乐——没有行动的游戏，也根本不是游戏。行动就是喜乐的游戏。在梵中喜乐的人，他在无所作为中怎能生存？难道他可以不通过他的行动，也一定能够提供梵的喜乐得以获得形式和显现自身的东西？这也就是为什么那些了解梵并在梵中喜乐的人，他也必然能够在梵中行动的原因——如他的饮食起居，他的谋生之道和他的善举。正如诗人的喜乐在诗歌中，艺术家的喜乐在艺术中，无畏者的喜乐在他胆量的展现中，睿智者的喜乐在对真相的明辨中，他们时刻都在各自的行动中寻求一展身手的途径，所以知梵者的喜乐就在每天全部的大小事务中，在真、美、秩序与善中，追寻通向无限的展现之途。

梵也正是以这同一方式赐予他的喜乐。“因他的多领域活动，他的力量遍及方方面面，因此得以成就不同造物的内在需求（Bahudhā çakti yogāt varṇānanekān nihitārtho dadhāti）。”那种内在需求也是他自己的需求，所以他从多种途径、以多种形式将自己奉献。他劳作着，因为不劳作他怎么奉献自己呢？他的喜乐就是在创造的奉献中时刻献出自我。

正是在这种情况中，存在着属于我们的真正意义——我们要与我们的父相似。我们也必须在各个不同领域舍弃我们自己有目的的行动。在《吠陀》中，他被称作“自身的奉献者，力量的奉献者（Ātmadā baladā.）”。他并不满足于把自己奉献给我们，而是赐予我们力量，让我们或者也能把自己奉献出去。这就是为什么《奥义书》的先知者向他祈祷，而他也能成就我们的愿望的原因，“愿他赐予我们慈悲之心（Sa no buddhya çubhayā samyunaktu）”，愿他以赐予我们慈悲之心而成就我们最深切的愿望。那也就是说，他的工作不单单是解除我们的欲求，这还不够，而且还会赐予我们意愿和力量，和他一起工作行善。的确如此，随后我们与他的结合才将完成。慈悲之心正是向我们彰显着他我（swārtha）的需求对本我（nihitārtha）的固有需求，彰显着我们的喜乐是通过各种各样的目标形成的，而这些目标存在于人类工作的多种领域力量之下。当我们在慈悲之心的关照下工作时，我们的行动就会有序化，但不会变得机械。而且行动不是瞄准需求，而是受灵魂的满足所激励。这种行动不再是盲目模仿随大流，也不是对风尚时令的怯懦跟从。此时我们开始看到，“‘他’始终与宇宙同在（Vichaiti chāntē viçvamādau)”，也看到我们的工作是他的泉源与灵感，在目的地他也在，所以我们的一切行动都为和平、善与喜乐所充满。

《奥义书》说道：“知识、力量与行动都属于他的本性。”正是因为这种本性一直未能在我们当中生发，所以我们才容易将喜乐与工作割裂。我们的工作日不是我们的喜乐日——因此我们需要假日；我们是悲哀的，因为我们不能从工作中找寻到我们的假日。河流在它向前的奔涌中找到它的假日，火在火焰的翻腾中找到它的假日，花的芬芳在空气的浸润中找到它的假日，但在日常工作中，我们并没有这样的假日存在。因为我们没有将自己释放，因为我们没有欢快而彻底地将自己奉献给他，因此工作让我们难以承受。

啊，您这奉献者！在您的端详下，喜乐让我们的灵魂如火般向您燃烧，如河流般向您奔涌，如花的芬芳般浸润您的存在。赐予我们力量去爱吧，全心全意地去爱，我们的生命就在他的悲与喜、得与失、起与落中。让我们拥有足够的力量，真真切切地去凝望去聆听您的宇宙，与其中全部的生命之力一起劳作。让我们全身心地与您所赐予我们的生命一起生活，让我们大胆地获取、慷慨地施舍。这就是我们致您的祷告词。让我们将我们的头脑中那些苍白无力的幻想彻彻底底地驱逐出去，因为它们将您的喜乐理解成可以脱离行动的东西，没有内容、没有形式，也无法持续。老农把坚硬的土地犁到哪里，您的喜乐就会从那儿庄稼的绿意中喷薄而出；恶木交织的丛林被开辟到哪里，砾石遍生的土地被平整到哪里，他的家园安置在哪里，您的喜乐就会以秩序与和平拥抱着那里。

啊，您这宇宙的劳作者！我们将向您祈祷，让您那不可抗拒的宇宙能量之大潮到来吧，像春天冲动的熏风南来，让它迅猛地拂过人类生命的广阔原野，让它弥漫着群花的芳香、丛林的呢喃，让它使我们衰竭干瘪的灵魂生命变得甜美和欢畅。让我们新的觉醒之力放声歌唱，为着叶的初生、花的绽放、果的成熟这永无穷尽的成就之路放声歌唱。

美之证悟

我们无法从中获得喜乐的东西，或者是加在我们思想上的一种负担，那么不惜任何代价都要摆脱；或者对我们有用，所以暂时与我们有部分关系，而当作用完结后他们就会累赘恼人；或者他们像四处徘徊的流浪者，在我们认识范围的边缘盘桓片刻，然后消逝。一件事物，只有在它对我们是一种喜乐时，才完全属于我们。

这个世界的大部分对我们来说都形如无物。但我们不能容许它这样，因为这样它就轻视着我们的自我。我们被赐予整个世界，所以我们全部的力量都因信念而拥有各自的终极意义，在其帮助下我们得以占有我们所继承的遗产。

但是，在我们的心识扩展的过程中，我们的美感的作用是什么呢？它是否将真理割裂成强烈的光与影，并且在美丑之间不可调和的差异中呈现于我们面前？如果是这样，那么我们将不得不承认，正是这种美感在我们的宇宙中制造了纠纷，并在引导一物融于万物的交流之路上堆砌了一道障碍的墙。

但那不可能是真的。只要我们的证悟没有圆满，在已知与未知、快乐与不快之间就有区别的必要。不管一些哲学家如何论断，人对其可知世界不能接受任何的专断与绝对限制。人的科学每天都在深入从前在他的地图上标记为开发或未开发的地区，我们的美感同样也时刻忙着把它的探索推进。真理无处不在，所以每一件事物都是我们认识的对象。美无所不有，所以任何事物都可以给我们喜乐。

在人类的早期历史中，他将每一种事物都当作生命现象。人类的生命科学正始于对生命和非生命做出截然分明的区别。但是随着进程的逐渐深入，生命和非生命之间判若天然的界限会越来越模糊。在我们理解力的早期，这种鲜明的对比对我们是有利的，但随着我们的领悟力逐渐清晰，它们也就逐渐消退了。

《奥义书》曾说过，万物因无限之喜而生并因其存在下去。为了证悟这种创造原理，我们就必须从某种分别开始——在美和不美的事物中做出区分。随后，对美的领悟就如一股狂飙走近我们，将我们的心识从原始的懵懂中吹醒，并以这种强烈的对比达到它的目标。所以我们与美最初的熟悉在于她色彩斑斓的外衣，这件外衣的条纹、羽饰吸引着我们，不仅如此，还因为她有着缺陷的外形。但随着这种熟悉感逐渐成熟，那显而易见的不协调最终归为节奏的齐整。一开始，我们把美从周围事物中分离出来，使它与其他事物分开，但最终我们感知到了它与万物的和谐。然后，美的音乐已无须再用大声喧哗来让我们兴奋了。它宣布放弃暴力，并以“温柔的人必承受地土”这样的真理吸引着我们的心灵。

在我们成长的某些阶段，在我们历史当中的某个时期，我们试图树立一种对美的特殊而狂热的崇拜，将它缩小到一种狭窄的范围，使它作为被选中的少数而成了值得骄傲之物。此时它就滋养着信徒的狂热情感和矫饰夸张，就像印度文明衰落时期婆罗门所做的一样，当时，对更高真理的洞察已经偏离，迷信横行无阻。

在美学史上也出现过一段解放时期，当时感知大小事物的美都变得轻而易举，而且当时我们在普通事物的质朴和谐中看到的美，比那些因奇特而令人惊奇的事物更多。同样，在美的展现中，我们竭力避免任何显然是取悦人并且被流俗所称许的东西，所以不得不经历反动的阶段。随后，我们受到诱惑，对夸大平凡事物的平凡之处嗤之以鼻，就让它们的非凡之处咄咄逼人。为了恢复和谐，我们制造了诸多不和谐，这是一切反动的特征。在当前时代，我们已经看出了这种反动的迹象，它证明人类最终将会明白：将人对美的心识截然分为美与丑，这正是感知力的狭隘之处。当他有力量脱离自我利益以及对感官欲求的顽固追索时再来审视实物，那时他才能拥有美无处不在的真正见解。那时，他才能够看到：对我们来说是不愉快的东西，并不一定就不漂亮，而是在真中拥有美。

当我们说美无处不在时，并不意味着丑这个词就应该从我们的语言中被废除，就像说不存在非真理一样，这很荒谬。非真理当然存在，不是在宇宙的体系中，而存在于我们的理解力当中，就像它的对立面一样。同样，丑也存在于我们歪曲表达生活和艺术中的美的时候，这种歪曲源于我们对真理不完美的证悟。从某种程度上说，我们可以拒斥存在于我们及万物的真理法则，而建立我们的生活，那么同样地，我们也可以走向无所不在的和谐法则的对立面，从而产生丑。

通过我们的真理观，我们认知了宇宙中的规律；通过我们的审美观，我们领悟了宇宙中的和谐。当我们认识到自然规律时，就增强了我们对自然力量的驾驭而变得强大；当我们觉察到我们道德天性中的规律时，就能够把握自我而变得解脱。同样，我们对物质世界的和谐了解得越多，我们的生命就越能分享宇宙之物的快乐，我们在艺术中对美的表现就真正会越发神圣超脱。当我们意识到灵魂中的和谐时，我们对宇宙精神极乐的理解就会普遍化，生活中对美的表达就会在善与爱中向着无限移动。这就是我们存在的终极目的，我们必须时刻明白——“美即真，真即美”。我们必须认识到，整个宇宙都在爱中，因为爱给予世界生命，维持它的存在，并哺育着它。我们必须使心灵完美解放，因为它会赋予我们力量挺立在万物最为内在的核心，并且体味到属梵所有的无私喜乐的满足感。

音乐是最纯粹的艺术形式，因此成为最直接的对美的表达方式，它有着齐一的形式和至简的精神，与万物并育而不相害。我们似乎感受到：在造物的有限形式性中显现的无限，正是音乐本身，大音希声，大象无形。夜空不知疲倦地一再铺展开群星璀璨的大幕，看似如同一个孩子对他第一次的发声倍感好奇，所以一再口齿不清地重复着，并且带着不尽的欢喜聆听着。在七月的雨夜中，浓浓的夜色笼罩着草地，如泣如诉的雨声融开了在昏睡中麻木的地球的帷幕，喁喁夜雨的独白仿佛就是夜色声音本身。浓密的树枝那阴郁模糊的暗影；散布在石楠荒野上多刺的灌木丛，犹如满头湿发的泅水者那浮动的头颅；浸透雨水的草与泥土的气息，以及在村庄小屋的环伺中，某个夜色阴浓的地方那盘旋上升的寺庙塔尖——所有这一切，看似都如同从夜的心底里涌出的音符，它们融合并消失在从天而降的雨声中。

所以真正的诗人，那些先知们，追寻着以音乐的语汇来对宇宙进行表达。

他们很少运用绘画的象征，来作为一展造物诸形式的表现手法，作为时时飞驰在蓝色天幕上那无尽线条与色彩交融的表现手法。

他们有他们的理由。因为绘画者必须有画布、画笔与颜料盒。画笔的第一次落下就已经非常远离了圆满的理念。而在工作完成的时候，画家也离开了，画幅孤零零地待在一旁，爱的造物之手那不断的碰触的手也已然撤开。

但是歌唱者在它所拥有的一切中。他的音符就从他的人生中来。它们不是自外而来的素材积累。歌手的理念与表达亲如一家，常常就是孪生的一对。在音乐中，心灵随即阐释着自身，而不会遭受任何外来素材的影响。

所以，如同其他任何艺术一样，尽管音乐必然有待于圆满，然而在每一步，它都奉献出全部的美。甚至作为表达素材的词句也成了障碍，因为它们的内涵要由思维来建构。但音乐从不依赖于任何显而易见的内涵，它表达着无法用语言表达的东西。

更重要的是，音乐和音乐家不可分离。当歌手离开，歌唱也随之消亡，歌声与其主人的人生及喜乐处于永恒的结合中。

这首宇宙之歌从来不与歌手有片刻分离。它不追随任何外物而动。这正是它的喜乐本身——采取永无止境的形式。正是这个伟大的心灵传达着它震撼整个天空的激情。

在这曲音乐的每一个单独乐段中，都存在完美，它就在不圆满中昭示着圆满。这之中没有一个音符是终极的，然而每一个又都反映着无限。

如果我们没能得到这种伟大和谐的准确含义，又会怎么样呢？难道它不会像这样一只手：一触碰到琴弦的时候，就立即拨动而弹出各种音调？这正是美的语言，是爱抚，它来自宇宙的中心而直抵我们的心灵。

昨夜，在浸透黑暗的沉寂中，我独自站立，聆听着永恒的天籁之音。我合上双眼，带着头脑中的这个最后的想法就要入眠：即使我处在无意识的睡眠时分，生命之舞依然在我沉睡的身躯的那个静寂舞台上，与星星踩着同样的步伐共舞着。心脏在跳动着，血液在血管里畅流着，身体中数百万的生命原子在随着主人拨动的弦而兴奋地颤动着。

无限之证悟

《奥义书》说道："人如果在他的一生中能够证解神，他就是真实的；如果不能，对他来说就是最大的灾厄。"

但是，对神的这种证解的本质是什么呢？很显然，无限并不像众物中的一个，可以被明确地分类，并作为在政治、战争、创造金钱或社会竞争中，对我们来说有利的同盟者，而保留在我们的占有物中。我们不能把神与我们的避暑楼台、摩托车或信用账单相提并论，如同许多人似乎想要做的那样。

我们必须尽量去理解，当一个人的灵魂渴慕他的神时，他的欲求的真正特征。是否他的意愿的形成就是为了有所增益，无论对他的所有物有多大价值？这断然不行！这种不断地加增我们的储备，就是一个让人烦恼不停的任务。事实上，当灵魂在追寻神时，她也是在追寻着逃离这种不断的而且是永无尽头的聚敛与积垛。她所追寻的不是一个累积性的目标，而是"nityo 'nityānām"——一切瞬间中的永恒，以及"rasānām rasatamah"——与所有喜乐融合为一的至高至久的喜乐。所以当《奥义书》训示我们在梵中体认万物的时候，并不是去寻求物外的多余物，也不是去制造新物。

要知晓宇宙当中被神所盖覆的一切造物（Īçhāvāsyamdiam sarvam yat kincha jagatyānjagat.）欢然欣赏他所赐予的一切，不在自己的心底藏匿对不义之财的一丝贪婪（Tēna tyaktēna bhunjīṭhā mā gṛidhah kasyasviddhanam.)

当你知道无论何物都为神所充满，而且你所拥有的任何东西都是他的礼物，那么你就在有限中认识到了无限，并且认识到恩赐者就在礼物之中。接着你就知道：现实中的一切事实，都在某一真理的显现中拥有了自身独有的内涵，所有你的拥有物对你来说都有其独具的重要性，但不是在它们自身，而是在它们与无限建立的关系当中。

所以我们不能说像发现其他一些物体一样来发现梵。对他的探寻并不存在一物先于他物、某处替代他处的问题。我们无须为一览晨光而跑到杂货店，睁开眼就是：所以我们只要舍弃自我就发现无处不在的梵。

这就是为什么佛陀要训诫我们的原因：从自我生命的局限中解脱。如果没有其他东西，更为积极圆满和更加令人满意地取代自我的位置，那么这样的训诫绝对毫无意义。没有一个人郑重地考虑过这个建议，几乎没有人对此持有热情，会有一个人为一无所获而放弃一切吗？

所以我们日常对神的崇拜，真的并不是逐渐获取他的过程，但每天舍弃自我的过程，就是在清除所有的绊脚石，它们阻碍着我们与神结合为一，并阻碍着我们在奉献与服务、善与爱当中伸延我们对神的感知。

《奥义书》说："在梵中全部失去，就像一支箭完全穿透靶心。"所以要绝对清楚地意识到，被梵所包容并不仅仅是心神集中的一个行为。它必然是我们生命的全部目标。我们必然能够在所有的思想和行为中感知到无限。让对真理的这一证悟在我们人生的每一天都越发简单："如果遍在的喜乐之能量没有充盈整个天空，那么只有无物可以生存或动作（Ko hyevānyāt kah prānyāt yadesha ākāçha ānando na syāt）。”让我们在我们的所有行动中，感受无限能量者的推动力并为之欢欣吧！

可能会有人说：无限超越了我们的成就范围，所以它对我们来说仿佛大而无当。是的，假如“成就”这个词包涵着任何“占有”之意，那么就必须承认：无限不可得。但必须牢记：人类的最高喜乐并不在于占有，而在于获得，获得的同时就意味着失去。我们肉体的享乐不会给“非感知物”留有余地。这些欲乐如同地球已丧失作用的卫星，周围只有少量空气。当我们摄取食物来满足饥饿时，它是一种彻彻底底的占有行为。只要饥饿感还在，吃就是一种快乐。因为随后我们吃的享乐感就会触及无限的方方面面。但是，当吃的欲望已经实现，或者换句话说，当我们对吃的欲望已经到达未完成状态的最巅峰时，也就到达了快乐的最巅峰。而在我们全部的理智快乐中，空间更广大，界限更遥远。在我们所有更深沉的爱中，“可求得”与“求不得”并行不悖。在我们毗湿奴教派的一首抒情诗中，爱人对他所爱着的人说：“我感觉到：仿佛从我出生的那天起，我就在凝视着你姣美的面容，但我的眼睛依然嗷嗷待哺：仿佛我已将你铭刻在我的心上几百万年，但我的心仍然无法满足。”

这首诗清楚地表明：我们所寻求的无限，的的确确是在我们的快乐之中。我们对财富的欲望并不是为了特定的一大笔金钱，而是无限制的，几乎所有的快乐瞬间都只是触及永恒的刹那。人类生命的悲剧正是由企图扩大事物界限的徒劳所谱写——通过荒谬地加增有限之梯的梯级而上达无限，因为事物永远都不可能无所限制。

由此可知，我们灵魂的真正愿望是获得对我们的占有物的超越。当她被物质所淹没，她触碰着、感受着、呼喊着："我对获得之物已经厌倦；噢，那从未得到的他在哪儿呢？"

在人类的历史中，我们处处都会看到舍弃的精神是人类灵魂的最高实在。当灵魂谈到某种东西时说："我不需要它，因为我在它之上。"这时灵魂就表达了内在于她的最高真理。当一个女孩长大不再需要她的玩具娃娃时，当她认识到她在每一个方面都超越了玩具娃娃时，她就会把它扔掉。我们知道，我们比我们占有的东西更重要，正是由于我们的占有行为。然而把我们一直束缚在比我们更不重要的东西上，是一种彻彻底底的痛苦。玛特列依（Maitreyī）的丈夫在离家前夕，把自己的财产交给她，这一点正如同她此时的感受。她问道："这些物质的东西会帮助一个人达到至高者吗？"——或者，换句话说："它们对我来说，能够大于我的灵魂吗？"这时她的丈夫回答说："它们将使你在俗世的占有物上变得富有。"她立刻说："那么，我用它们做什么呢？"一个人只有在真正对他的拥有物不抱有更多的幻想时，他就明白了他的灵魂远远高于这些东西，从而使他摆脱物质的束缚而获得解脱。这样，人类真正认识到：他的灵魂已经成长而不再需要占有物，人类在永恒生命道路上的进步正是通过一系列的施舍。

我们不能绝对地占有无限的存在，这不是一个纯粹的理智的命题。它必须被体验，这种体验才是无上的喜乐。当鸟儿在空中飞翔时，在每次翅膀的扇动中体验到天空的浩瀚无边，体验到它的翅膀永远不能把它带到天际之外。鸟儿的喜乐正在于此。笼中的天空是有限的，它或许可以充分满足鸟儿生命的全部目的，只是不能比它所需要的更多。局限在需要的范围之内，鸟儿就得不到欢乐。必定是在它感受到所拥有的东西无可限量，远远超过它们时刻出于需要或能够吸纳的东西，唯有如此它才会快乐。

因此，我们的灵魂必须在无限中翱翔，而且必须是在每时每刻都感受到无法臻达极限，这才是她至高无上的喜乐，她的终极自由。

人类永恒的幸福不在于获得任何东西，而在于将自己奉献给比自己更伟大的东西，奉献给比他的个体生命更辉煌的理念，即对祖国、对人类、对至高神的理念。这些理念能使人类更容易舍弃他所有的一切，更不用说他的生命。在人类没有找到能真正召唤他的所有的某些伟大理念之前，他的存在可能是苦不堪言和利欲熏心的，而这些恢宏理念将他从对自己占有物的依附中释放出来。佛陀和耶稣以及所有伟大的先知们，都代表着这种伟大的思想。他们在我们之前已抓住了为我们舍弃一切的机会。当他们捧出神圣的托钵时，我们感到情不自禁地布施，我们发现在布施中有我们最真实的喜乐与解脱，因为正是布施使我们自己达到与无限合一的程度。

人类是不圆满的，他仍然有待于圆满。从他现在是什么来说，他是渺小的，如果我们能设想人类为了永恒却止步不前，我们将会产生一种人类所能想象出的最可怕的地狱观念。然而从他的未来看，他是无限的，那里有他的天堂，他的解脱。他的此刻，分分秒秒都被他可以得到和已经得到的东西所占据；他的未来，则是渴求着某种比能得到的更多的东西，这种东西他永远都不会失去，因为他从未占有。

我们存在的有限极点在需求性的世界中有它的位置。在那里，人类四处寻求食物以维持生存，穿衣御寒。在这个领域——

本能的领域——获得东西是人类的职能。自然的人在忙于扩大他的占有物。

但是获得的行为是部分的，它局限于人类的需求中。正如同一个容器只有在具备一定容积才能够盛水一样，只有在某物到达我们需要的程度，我们才去拥有它。我们与食物的关系只限于吃喝，我们与房子的关系只限于居住。当一种东西只适合我们某种特殊的需要时，我们称它为一种利益。因此获得始终是局部地得到，而绝不可能是别的什么。所以对这种获得的渴求，属于我们有限的自我。

然而我们存在的通向无限的另一极点，并不以追求财物而是以追求自由与喜乐为目的。在那里，需求为王的统治终止了，在那里，我们的职能不是获得什么而是将成为什么。成为什么呢？与梵成为一体，因为无限的领域是统一的领域。因此《奥义书》说："如果人领悟了至高神，他就成为真实的。"在这里它在不断变化，而不是拥有更多。当你懂得了许多词的含义时，这些词就不会堆砌在一起。它们与思想交融为一体而变得真实。

作为西方人的导师，虽然他已经勇敢地宣布与他的圣父合为一体，并劝诫信徒们要像上帝一样完美，而西方人业已接受了这一点，然而这种观念绝不与我们和无限存在合一的观念一致。它谴责说"任何使人成为神的意图都是一种亵渎神明"。这当然不是基督的宣示，大概也不是基督教神秘主义者的思想，然而它似乎已成为在西方基督教中普遍流行的思想。

但是在东方的最高智慧中认为：为了任何特殊的物质目的去利用神、从他获利，这不是我们灵魂的职能。我们始终渴求的一切，就是逐渐地与至高神成为一体。在自然界的领域，也就是在多样性的领域，我们因获取而成长；在精神世界，也就是在统一的领域，我们因舍弃自己、依靠结合而成长。正如我们已经说过的，获得某种东西是依靠它局部的本能，只限于某种特殊的需要。但是“存在”是圆满的，它归属于我们的整体性，它不是从任何的需求而是从我们与无限的密切关联中涌现，这才是在我们灵魂中所拥有的完美原理。

是的，我们必须成为梵，我们不该从这种坦承中退缩。如果我们永远不能指望能够证悟存在着最高完美的话，我们的存在就毫无意义。假如我们有一个目标却永远不能达到它，那么这个目标就根本不是目标。

但是在另一方面，能说梵与我们个体灵魂之间毫无差别吗？当然，这种差别显而易见。可以把这种差别称为幻觉或愚痴，或你所给它起的任何名字，但它都存在。你可以对这种差别做出说明，但是你不能将它去除，甚至幻觉本身作为幻觉也是真实的。

梵就是梵，它是无限完美的最高典范。但是我们并不是当下真实的我们，我们毕竟会成为真、成为梵。在这样的存在与变化之间的联系中，有着永恒的爱的游戏，而在这神秘的深处存在着一切真和美的源泉，它维系着创造的无限进程。

在奔腾的溪流的乐声中，有这样的欢声响起：“我将成为大海。”这不是徒然的空想，而是真正的谦卑，因为它是真理，河流就是要一往无前。在河流两岸有无数的田野、森林、村庄与城镇，河流能以各种方式服务于它们，为它们清洁，哺育着它们，把它们的产物从一处带到一处。但是河流与它们的联系只是一部分。无论可能在它们中间逗留多久，最终仍要各自分离，河流绝不能变为一座城市或一片森林。

但是河流却能够而且已经成为大海，涓涓细流已和波澜不惊的浩瀚海洋结为一体。河流在自己前进的里程中流经了上千个目标，当它到达海洋时，它的行程才到达目的地。

河流能够成为大海，但是她绝不能使大海成为她自身不可缺少的部分。如果由于某种机会，它被一大片广阔的水面所包围，从而自称它已经使海洋成为自己的一部分，这时我们立即就知道绝非如此。河流仍然要在巨大的海洋中寻找安宁，那里从未设限。

同样的道理，像河流能成为大海一样，我们的灵魂也只能成为梵。灵魂只是在某个方面接触其他事物，然后就离开它们继续前行，但是她从来都没有离开梵以及超越梵而行动。一旦我们的灵魂在梵之中体悟到归宿的终极目标时，她的全部活动就获得了目的。正是这无限宁静的海洋赋予无穷的活动以意义，正是存在的完美性赋予变化的瑕疵以美的品性，在所有的诗歌、戏剧和艺术中都能见到美的身影。

必定有一种能激发一首诗歌的完整思想，这首诗的每一句诗行都会触及那个思想。当读者在阅读中体悟到渗透其中的思想时，阅读这首诗对他来说就是喜乐的充盈。因此，这首诗的每一部分都由于全篇的光辉而明显地变得不同凡响。但是如果这首诗漫无边际地进行下去，始终不能将全部思想和盘托出，只是随意构想一些支离破碎的意象，无论它多么美，最终也要变得令人厌倦、毫无益处。我们灵魂的进步如同一首完美的诗。一旦使得一切行动都充满意义和喜乐，它就体悟到了那种无限的思想。但是如果我们使自己的活动与终极的思想分离，如果我们洞察不到无限的安宁，只看到无限的行动，那么对我们来说存在只呈现为一种荒谬的罪恶，猛烈地冲向一个茫然无尽的不存在的目标。

我记得在我们的童年，有一位老师，他常常让我们记住整本用符号写的梵文文法，而不向我们解释其中的含义。我们日复一日地刻苦钻研，但是目的何在我们一无所知。因此对于我们的课程，我们只是站在悲观主义者的立场上，历数着这个世界让人无法喘息的种种活动，却看不到完美的无限安宁之地，在那里，活动才始终是在绝对的适应与和谐中获得它们的均衡。在这种观望的生活中，我们失去了全部喜乐，因为我们没有错失了真理。我们看到舞者的舞姿，却想象着这些身姿都是由一种偶然的、冷酷的暴行所支配，因为我们听不到那永恒的乐声，它使得每一个姿势都无可避免地成为自然流出和美不胜收。这样的舞姿任何时候都在步入完美的音乐中，并与音乐成为一体，在每一个舞步上都不断在创造着多种多样的形式，作为对旋律的奉献。

这就是我们灵魂的真理，这就是灵魂的喜乐，她将必然成长为梵，她的一切行动都应由那终极思想所调节，她的一切创造都应作为祭品奉献给完美的至高无上精神。

在好几种《奥义书》中都有一个值得注意的格言："我认为我没有充分了解他，或者我没有了解他，或者甚至我完全不了解他（Nāham manye suvedeti no na vedeti vedacha）。"

通过知识的积累过程，我们永远不能体悟无限的存在。但是如果他在我们完全无法到达的地方，那么，他对我们绝对就什么都不是。真理就在于：我们不了解他，然而我们也了解他。

《奥义书》的另一格言曾经对此进行解释："从梵的词句了解梵都将归于困惑，正如通过心智了解他也是一样，但是通过梵的喜乐而知梵的人会从一切恐惧中解脱出来（Yato vācho nivartante aprāpya manasā saha ānandam brahmaṇo vidvān na vibheti kutaçchana）。”

理性知识是不完整的，因为我们的理性是一种工具，它只是我们的一部分，为我们提供关于可被区分和分析的事物的信息，它的特性就在于能够被条分缕析地分类。但梵是圆满的，片面的知理性识从来都不是关于梵的知识。

但是可以通过喜乐、通过爱来体悟梵，因为喜乐就其完整性来说即是知识，它被我们的全部生命所认知。理智把我们与要被认识的事物隔离开来，但是爱因融合而洞察它的对象。这样的知识是简洁明了的，确凿无疑的。这就像了解我们的自我，只能如此。

因此，如《奥义书》所说，理智从未能体悟梵，语言绝不能描述梵，他只能由我们的灵魂、由灵魂在梵中的喜乐、由灵魂的爱来体悟。或者换句话说，我们只能通过将我们全部的生命与他结合，来与梵联系。我们必须与我们的圣父合为一体，我们必须像他一样完美。

但是如何能成为那样呢？在无限的完美中没有等级，我们不能逐渐地成长为梵。他是绝对的一，在梵中不存在多或少。

的确，在我们内在的个体灵魂（antaratman）中证悟至高的灵魂（Pafamatman），是处于一种绝对圆满的状态中，我们不能将至高灵魂看做非存在，并且要依靠我们有限的力量来将他逐步建立。如果我们与圣者的关系完全是我们自己制造的产物，那么，我们怎么将它作为真理而信仰呢？它又怎么会给我们以支持呢？

是的，我们必须知道，在我们心中，有不受空间和时间支配的地方，在那里进化的链条融为一体。在那个我（atman）或灵魂永恒的居所中，对至高灵魂（Paramatman）的显现已经实现。因此《奥义书》说："知梵者是真实的，是心识完整的，无限隐藏在他灵魂的深处，灵魂就是最高的天空（心识的内在天空），在他与全知的梵结合为一体中享有所期望的全部目标（Satyam jñānam anantam brahma yo veda nihitam guhāyām paramo vyoman so'çnute sarvān kāmān saha brahmaņa vipasçhite）。"

结合已经完成。至高的灵魂（Paramatman）已经亲自把我们的灵魂选为他的新娘，婚礼已经完成，庄严的祝词已经宣布："让我们心心相印（Yadetat hŗidayam mama tadastu hŗidayan tava）！"在这场婚礼中，没有作为司仪按部就班进行的席位。"eshah"一词除了被描述为"这个"之外不能有其他的意思，"这个"是没有称谓的直接表现，它时刻存在于我们最深处的生命中。"这个'eshah'，或者'这个'是另外一个的最高目的（Eshāsya paramā gatih）"；"这个'这个'是另外一个的最高财富（Eshāsya paramā sampat.）"；"这个'这个'是另外一个的最高住所（Eshāsya paramo lokah）"；"这个'这个'是另外一个的最高喜乐（Eshāsya parama ānandah）"。因为至上的爱的婚礼已经在永恒的时间里完成，现在这无止境的爱的游戏（1īlā）正在继续下去。过去曾在永恒中有所获的人，现在正在时空中、在欢乐和悲伤中、在此岸世界和彼岸世界中被追求。当灵魂新娘充分地领会这点时，她的内心欢喜无比，并且处于平静。她知道自己如同一条河流，已经到达了她生命的一端所汇成的海洋；而在另一端，她永远是在到达的途中。一端是永恒的静止和完成，另一端是不停的运动和变化。当她知道这两端不可分割地联系着时，此时由于她正确领悟到世界之主正如她自己的君主，而把世界理解为自己的家。随后，她的一切奉献都成为爱的奉献，人生的一切烦恼与苦难在她面前都作为试验，她成功地承担下来以证明她爱的力量，从而微笑着从她爱人那里赢得了保证。然而只要她顽固地停留在黑暗中，不揭掉她的面纱，认不出她的爱人，并且只知道这世界已与他分离，此时她就只能当侍女，而她本来有权像皇后一样在这里统治。她在怀疑中游移不定，在悲痛与沮丧中下泪，“她从饥饿走向饥饿，从烦恼走向恼烦，从畏惧走向畏惧（Daurbhikshāt yāti daurbhiksham kleçāt kleçam bhayāt bhayam）”。

我永远不会忘记一首歌的片断，曾有一次在早晨黎明时分，我听到那些参加头一天节日晚宴的人群中，有人在喧闹声中唱道：“艄公，带我渡向彼岸。”

在我们工作的忙乱中，那里传出“渡我过去”的喊声。印度的马车夫在赶他的马车时唱道：“渡我过去。”杂货搬运商在把他的货物卖给雇主时，也唱道：“渡我过去。”

这个喊声的含义是什么呢？我们感觉到我们没有达到我们的目标，并且知道用我们全部的拼搏和艰辛，我们也不会到达终点，我们不会达到我们的目标。正像一个孩子不满足他的玩偶一样，我们的心也在呼唤，“不是这个，不是这个”，但是那另外一个是什么呢？未来的彼岸在哪里呢？

除了我们拥有的东西以外，我们还有什么呢？除了我们待的地方以外，我们还能在哪里呢？是要停止我们全部的工作去休息吗？是要解除全部的人生职责吗？

不！在我们行动的真正内心当中，我们正在寻求我们的归宿。甚至就在我们站着的地方，为了渡向彼岸而呼喊着。所以当我们的双唇发出“带走”的祈求时，我们繁忙的双手也从未闲着。

事实上，你喜乐海洋的此岸与彼岸是一个，并且同时在你身上。当我称这个为我所有时，另一个就处于被分离的状态，并且在我之中的对完整性的感知已然失去。我的心不断地呼唤着另一个。所有我的“这个”和另一个，都期待在你的爱中完全和谐一致。

这个我的“我”为了这个家日夜操劳，他认为那是自己所有的。哎！只要不能将这个家称为您的，它的苦难就不会有尽头。这个“我”还要继续挣扎，内心总要呼唤：“艄公，把我渡过去。”当我的这个家成为您的家时，在这一刹那间就被渡了过去，即使甚至还有古老的墙壁包围着它。这个“我”是不休息的。它为了获得而正在工作，这与“我”的精神绝不相同，它从未包容与保持着这种精神。当它竭力用自己的臂膀拥抱一切时，伤害了他物，反过来也伤害了自己，并且还在呼唤：“把我渡过去。”但是，一旦这个“我”可以说出，“我的一切工作都是属于您的”，这时一切东西都保持原样，唯有此岸的“我”被渡了过去。

除了在此岸我的家也作为您的家之外，我能在哪儿遇到您呢？除了把此岸我的工作变为您的工作之外，我能在何处与您结合呢？如果我离开我的家，我将不会到达您的家；如果我停止了我的工作，我绝不能在您的工作中与您结合，因为您完全在我之中，而我也完全在您之中，您没有我或者我没有您，就什么都不是。

因此，在我们的家和我们的工作中，要这样祈祷：“愿把我渡过去！”因为这里有汹涌的大海，这里，甚至存在着有待于到达的彼岸——是的，这里是此岸永久的当下，并不遥远，也不在其他任何地方。

孟加拉掠影

自　序

本书所节译的信札，横跨我生命中创作最丰的时期，因着天纵之幸，当时的我正年轻而懵懂。

青春时代活力充沛，闲暇充裕，写信也成了一件不同于其他杂务的让人愉悦的事。可能只有在思想喷薄、情感澎湃的时期，写信才成为一种挥霍文字的形式。其他的文学形式仍然是作者的作品，并出于某种利益公之于众；而对于所有人来说，信件一直都是写给私人的，所以更为汪洋纵恣一些。

就这样，从大量诸如此类的文字中摘选出的段落，它们在被写就很多年之后，又找到了向我的岁月回溯的小径。

鉴于一些信札与已出版作品的众多内容发生在同一境况下，我想在同一基础上通过重读来作为深化的途径，“双驾并驱”更能拓宽读者对我诗歌的吟味。这也是我为了印度人民，将它们收入一书进行出版的理由。这些信件中包含着对孟加拉乡村生活场景的描绘，希望它们也能勾起英国读者的兴趣。

拉宾德拉纳特·泰戈尔

1920 年 6 月 20 日

班多拉，在海边
1885 年 10 月

浩瀚无遮的大海起伏着，喘息着，漂洗着白色的沫。这让我想起了某个被拴缚的巨兽，正绷紧着它的铃轭。在它毛孔遍布的下颌前方，是我们在岸上筑室结巢，看着它摇撼它的巨尾。

肇造之初，海陆对峙就已然如此：干爽的大地日复一日，悄然无声地扩张她的地盘，为着她的儿女辟出越来越广阔的面积；喘息的海洋一步一步退缩，在绝望中捶胸顿足地呜咽着。曾几何时，海洋一度君临寰宇，有着绝对的自由。

陆地从她的子宫缓缓矗升，随后篡夺了她的王位，从那时到现在，那个久远而狂怒的巨兽就在灰白的浪尖上，永恒地哀号悲泣，就像李尔王置身于狂暴的大自然中一样。

1887年7月

我已入二十七岁之龄。它撬开我的心门生生挤进，并待在那儿——随后看似一派风平浪静。

但是来到二十七岁——真就这么点事儿吗？——就要穿越二十多岁的苍穹制高点，向着三十岁一路挺进吗？——三十岁——就是所谓的“而立之年”——此时人们期待的是果实，而不是青葱嫩叶。但是，唉，果实的影子在哪里？我摇头，因为仍然感到流溢的孟浪充盈着我，而没有一丝明哲持重的痕迹。

人们开始抱怨：“我们对你所期待的东西在哪儿呢——那是我们对所钦慕的柔弱绿芽的满满期待？我们要永远看着你的不成熟吗？对我们来说，能够从你有何收获，实在到了该有把握的时候了。我们想要估量一番，那些蒙着眼睛拉磨的毫无偏见的批评家，能从你身上榨取多少油水。”

欺骗这些人们满怀希望地再等下去，已经不太可能了。当我还处在那个年龄的时候，他们毫不怀疑地给了我信任，现在站在三十岁的边缘却还让他们失望，这多么悲哀。然而我该做什么呢？妙语箴言并未来到！提供或许可以让众人获利的东西，我根本无能为力。除了哼几首小曲、聊几句闲天、说几句俏皮话之外，我别无他物。结果，那些对我寄予厚望的人就对我恶语相向；但是，难道曾有人哀求他们护持那份期盼吗？

自从那个美好的白沙克月的清晨，我从清新的和风中醒来，晨光熹微，新芽初绿，新蕾初绽，我发现自己已步入二十七岁，这样的思绪就袭扰在我的心头。

谢里达
1888 年

我们的船屋停靠在远离河流的一片沙岸上。河流两岸的沙滩一眼望不到头，带状的沙丘星罗棋布，偶尔会有水流，尽管有时像水一样闪光的不过是沙子。

没有村庄，没有人烟，没有树木，没有野草——单调苍茫的灰白中，唯一打破眼帘的是一些裂开的大口子，只有在那里才露出潮湿的地层，底下是黑褐色的泥土。

向东方望去，在漫无边际的蓝色苍穹之下，是同样漫无边际的灰白。空空的天，空空的地——僵硬贫瘠的地面之下是虚空，头顶上穹庐般的天空也是虚空——人们几乎不会再找到一个如此荒凉的废墟景象。

但转头向西看去，有水，有平静无波的河流，沿着高岸似旒带般垂下来的，是搭建着屋舍的村庄小果园四处散布，透过屋舍向里看，所有一切都像夜色中魅惑的梦一般。我用“夜色”一词，是因为晚上我们信步徘徊，这一岸的光景深深印在了我的心坎上。

沙扎德普
1890 年

那位地方长官正坐在帐篷搭成的走廊里处理政事，他的子民们在树荫下等着轮到自己。他们将我的肩舆放在他的面前，这位年轻的英国人谦恭有礼地接待了我。他的唇髭刚刚冒出来，头发颜色很淡，也有颜色深的，像斑一样这一块那一块。如果不是因为他有一副相当年轻的面孔，人们可能会把他当成白发苍苍的老人。我邀请他共进晚餐，但他说已在别处安排了一个猎猪的晚会。

我回到家的时候，乌云密布，接着便是一场骇人的倾盆大雨。书不想碰，写作更不可能，无所适从中的我，就从这个房间徘徊到那个房间。白昼已如夜般昏暗，雷声不断肆虐，瞬间即逝的闪电忽来忽灭，突然而来的飓风像抱住荔枝树的脖子一般，时时狠命地摇撼。房前的低洼处很快积满了水，我正走来走去的时候，突然一个念头袭来：我应该为那位地方长官提供一个栖身之所。

我马上派人去请，随后却只找到一个空房间，挂在横梁上的厚木板铺成一个台子，堆着几床脏兮兮的旧棉被和几个枕头。屋里到处都是仆人们的东西：一领极其肮脏的席子，几根水烟筒，干烟叶，火绒，两个木床头柜乱扔在地板上，边上还有两个装着破破烂烂的零碎的包装箱，像生锈的壶盖、无底座的铁炉、褪色的镍茶壶之类，还有一个粘满糖浆的汤盘，被灰尘弄得黑乎乎的。角落里是一个用来洗碗的大盆子，墙上的钉子上挂着湿漉漉的抹布，还有厨子的制服衣帽。唯一的家具是一个摇摇晃晃的梳妆台，上面满是水渍、油渍、奶渍，黑的、棕的、白的，斑斑点点，各种污渍搅和在一起。镜子已经从梳妆台上拆了下来，靠在墙上，抽屉里塞满了各类杂物，沾满油迹的餐巾纸、装瓶用的网格，全都布满灰尘。

一刹那间，我彻底傻眼了；接下来就是这样一种情状——请管家、传库管，打电话叫仆役，现找暂时无事的人，打水、架梯、解绳索、卸铺板、拿走铺盖，一点点扫拾碎玻璃，一颗颗拔掉墙上的钉子——枝形吊灯掉了下来，满地都是碎片，又一点点地扫走。我扫除垫子上的灰，掸掉窗台上的土，飞快地卷起那肮脏的席子扔出窗外，导致那些以我的面包、糖浆和鞋油为美餐的一大群蟑螂也被强行移走了。

那位长官也答复了我的邀请，他的帐篷正是一片狼藉，所以他马上就到。快！快！不一会儿就有人喊道："长官大人到。"仓皇之间，我掸掉头上、胡须上还有身上的灰，就去客厅迎接他，尽量让自己看似一派庄重可敬，好像我整个下午都在怡然休息的样子。

我伸手和他相握之后就聊了起来，表面看去风平浪静，心里却时时为他的住处担忧。最后不得不领客人进房间的时候，我发现倒也差强人意，如果那些无家可归的蟑螂不挠他的脚心的话，或许他还能凑合一晚。

迦里格拉姆
1891 年

此刻，我有着一种淡漠的闲逸和愉悦的无所寄托之感。

这是我们这里随处可见的一种心境。这里有条河，但毫无水流可言，只是安然地躺在招摇的水草被褥之下，好像在想着："既然无须一往无前也能一帆风顺，何必激励自己激流滚滚呢？"因此，如果没有渔人拖着渔网，连两岸的莎草也几乎懒得左右摇摆。

四五只大点的船在附近停泊着，互相倚靠。一位船夫在上层甲板上酣睡，从头到脚都裹在被单里。另一艘船上的船夫也沐浴在阳光里——很安闲地将纱条拧成绳索。第三艘船的下层甲板上，一位面相苍老、上身赤裸的伙计正倚在一支桨上，神情茫然地盯着我们的船。

河岸上的人群形形色色，但他们都以慢悠悠的步调来来往往地踱着，或者抱膝蹲着，或者漫无目的地盯着这里、盯着那里，这一切都是怎么回事，却没有一个人可以猜出来。

能够看见的唯一的活动迹象，是鸭群聒噪般地嘎嘎叫着，一头扎进水中，再一下子浮出水面，然后用同样的劲头抖散浑落的水珠。它们一次次地这样，仿佛要竭力探索水下的奥秘，然后不得不一次次地摇头，报告："那里没啥！那里没啥！"

在这里，白天的十二小时昏昏欲睡，而在夜幕笼罩下的另十二个小时，人们也都悄然安眠。像在这样的地方，你唯一想做的事就是盯着眼前的风景，看啊，看啊，来回驰骋你的想象，时不时地哼哼一首小曲，梦境般地点着头。就如同冬天的中午，一位母亲背对着太阳，一边摇着摇篮一边轻轻哼哼，哄她的孩子进入梦乡。

迦里格拉姆
1891 年

昨天，我正会见佃户的时候，突然五六个孩子出现在我的面前，然后羞怯又笔直地站成一排。不待我发问，那个领头的孩子就用精心准备的话语说道：“尊贵的先生！蒙万能之神的恩典，也是我辈顽童之幸，使阁下能够再次移驾敝处。”他在紧张中这样说了几乎半小时，时不时会出错，然后就停下来，仰头看看天空，又改口，再次继续下去。我猜到了，是他们的学校缺少长椅和凳子。“因此类木质坐具匮乏，”他继续说道，“我辈众人不知坐于何处，亦不知我爱师坐于何处，复言之，更不知吾等最敬爱之督学前来视察坐于何处。”

从如此孺子口中竟涌出如此雄辩之话语，我禁不住莞尔一笑。因为这种话在此地听起来尤其不合时宜，即便是缺乏极其攸关生死的东西，这里的佃农们也都是用平实而直接的当地方言说出来，所以在这里，甚至最寻常的词都会令人难过地走样。尽管如此，地方文书和佃农们看似都为之一震，也有些嫉羡，仿佛抱恨他们的父母，忘了赐予他们向柴明达尔（印度地主）求助的这种最好手段。

年轻的小雄辩家还没有说完，我就打断了他，许诺会为他们安顿好必要数量的坐具。他毫不气馁，待我说完后，又从自己被打断的话头开始说起，直到说完最后一个词，然后又向我深深敬礼，最后带着他的小分队出发了。或许我拒绝提供坐具他也不会介意，但是他为此煞费苦心背下的演说辞，如果任何部分遭到抢白，他也会心怀怨意的。所以，尽管诸事缠身，我还是听他讲完了。

沙扎德普附近
1891 年 1 月

我们离开了那条小河——迦里格拉姆，它仿佛一个将死之人的血液般流动迟滞，最后向下汇入一条欢快的溪流中，那儿的水流和陆地看似已融为一体，河流和堤岸几无差别，就像婴孩时期的兄妹一般难以区分。

此时的河流已褪去了它温文尔雅的外衣，向着四面八方漫漶、奔流，最后汇成一片沼泽。这里一片草地，那里一泓清水，陆地从遍及无尽的水面中刚刚开始露头，提醒着我地球还很年轻，流动的也好，不动的也好，它们各自分开，却都尚未定型。

在我们泊船的周围，有渔夫们立在河里的竹竿。船帆回旋着，准备要抓住入网之鱼。河水涯涘的软泥上，几只稻田鸟类停歇在那儿，表情庄重地沉思着。各类水鸟都欢聚在这里。几块草坪补丁般地漂浮在水面上。这儿那儿的稻田，还有那些未开垦的、未经管的土地[①]，以及那些黏土，全都从潮湿中苏醒过来。蚊子挤满了澄清如镜的水面……

早晨天刚拂晓，我们又再次出发去穿过迦赤迦答，那里的一汪潴水冲出了一道九曲回肠的水渠，约有六七码宽，一

---

① 在河流泥沙较多的那一边，水稻很容易撒种，成熟以后也很容易收割，不需要多费心。

下子就畅快许多了。想要让我们笨重的船屋通过，实在是一场名副其实的冒险啊。水流以极快的速度推着它，搞得一船的人手忙脚乱，忙着把船桨当成船舵，以避免船屋撞向堤岸。就这样，我们最后驶到了开阔的河面上。

天空已经乌云密布，随着一股潮湿的风拂来，一场突然而来的大雨就降临了。船上的人全都冷得瑟瑟发抖。在这么阴冷的天气里，潮湿黯淡的日子就尤其显得让人不喜，我只得度过一个苦恼乏味的早晨。下午两点的时候太阳终于露面了，从那时起一切就变得欣欣向荣。此时河岸高起来了，上面覆盖着安谧的小树林，许多民房藏身其中。

河流绕来绕去，一条无名的小溪流从孟加拉的闺阃深处到来，大大方方，毫不迟滞；在两涘渚崖之间挥霍着她的多情，哼唱着她平凡的苦乐，低诉着那些村中少女们的闺中秘事。那些姑娘们正跑来玩水，坐在河岸边，勤勤恳恳地用弄湿的毛巾将她们娇嫩的肌肤擦得容光焕发。

沙扎德普
1891年2月

甫倚窗前，正对溪岸，见一班吉卜赛人正在安顿收拾，将竹架子搭盖在竹席和几件衣服上面。只有三座这种构造的房子，极其低矮，待在里面都不能站直身子。他们的人生就是在户外生活，只在晚上爬进他们的栖身处，互相依偎着蜷成一团入睡。

吉卜赛人的生活方式一直如此：不在任何地方安家，无须向任何房东交房租，想流浪到哪儿就到哪儿，带着孩子，带着喂养的猪，还有一两条狗；所以警察就将他们视为眼中钉。

我常常观察离我最近的那家人的行动。他们有些黑但是形貌很好，体格壮硕，身材魁梧，有些类似西北汉子。女人们也很姣好，身材颀长苗条，而且个个结实；动作轻灵洒脱，有一种天然的独立不羁之风。在我看来，她们就是肤色深点的英国妇女。

男的刚刚把做饭的锅架在火上，现在又开始劈起了竹子编竹篮。女人最初举着镜子照着，然后就拿起一块湿布条，一遍又一遍地擦着，似乎想要把疼痛给擦掉；接下来，她又把她的一件上衣叠整齐（所有的那些衣服都是崭新的），然后就走到男人的身边坐下，时时帮他搭把手。

这些人才真正是大地的儿女，他们随处生、随处养、随处入土为安；这里、那里，不拘何地。白天也好，晚上也好，他们生存在高旷的天幕之下，沉浸于开放的氛围之中，来往于显露的地面之上，他们才引领着一种独一无二的生活方式。然而他们也在劳作着、爱着、生养抚育着、履行家庭责任着——一切应有尽有。

他们从不虚度一刻光阴，而且一直都在忙里忙外。属于她们独有的活计就是，一个女人“扑通”一声跳在另一个的身后，然后解开她的发髻，清洗一番后又帮她梳理好；与此同时，她们是否聊起了这三个竹席铺就的人家的家长里短、鸡毛蒜皮，我因距离就不敢断言了，但我还是狡猾地猜测着。

这天早上，一场很大的骚乱突然打破了这个吉卜赛居住区的宁静。大约是八点半或九点的样子。他们正摊开那原是屋顶的草席，将破破烂烂的被褥和其他凌乱的布头碎片扔在上面，这些东西本是他们防晒堵风的床上用品。猪们躺在窝里拱出的凹处，看起来像泥浆里的比目鱼。这一家另外的两个成员——两条狗围着它们吠叫，主人已经喂过它们并让它们早上出去觅食，此时它们正因寒夜后的日光浴被打搅而嘴里呜咽着。我当时正在写信，不经意地偶尔望望窗外，此时底下正开始闹腾。

我坐起来推开窗户，发现一群人正聚集在吉卜赛人幽僻的住处那里。一个看起来颇有些长官派头的要人正大挥棍棒，沉湎在严厉强硬的话语中。那个吉卜赛人的领头者因受威胁而大为紧张，显然他试图解释一番。我也挤了进去，原来是当地发生了一些颇为可疑的事，这才导致警官大人的造访。

迄今为止，那个吉卜赛女人一直都坐着，忙着刮掉剖开的长竹上的皮。她平静得好像一个人待着，耳边的争吵像没有发生一样。即便如此，突然她抬起双腿，走到警官面前，猛地举起胳膊向警官示意，并且厉声告知她自己的一个想法。警官眨巴眨巴眼睛，豪迈气概顿时减少了四分之三；他试图再说上一两句表示温和的抗议，但没有这个机会，他成了一个垂头丧气、格格不入的普通人。

等他退到一个较安全的位置以后，就扭过身来喊道："我所说的一切就是，你们必须要从这里清走。"

我想对面的邻居们应该会马上去将他们的竹席打包、竹架收起，大包小包地挪地方，还有牲畜和孩子们。然而却毫无这种迹象。他们依然安之若素、处之泰然，劈竹子、做饭、修葺厕所。

沙扎德普
1891年2月

邮局就在我们的地产办公大楼里，这样，信一到我们就能收着，实在非常便利。有时候的晚上，邮局局长还过来跟我聊会天。

他经常用可能是最郑重的口吻，聊一些最不可能的事情。

昨天他告诉我，当地人是怎样保存对圣河——恒河的至上崇敬。他说，如果他们的一位亲人去世，他们无法将骨灰撒进恒河，就从火葬的柴堆中取一块骨头磨成灰，一直保留到他们在某个时间，碰到某个喝过恒河水的人。这时他们就将一部分骨灰藏在日常祭祀用的“盘子”[①]里交给他（食用），然后满意地想着他们已故的亲人遗体的一部分，已经接触到圣河之水而得到净化。

我笑着评论道：“这一定是编造出来的。”

他沉默了一会，深思一番承认说：“或许是吧。”

① 盘中有蒟酱，是一种用胡椒科植物的叶子做的酱，味香。——译者注

在路上

1891年2月

穿过几道大江，正好一条小河横起。

村里的妇女们正站在河里，或沐浴，或浣洗；有的面纱遮脸，湿漉漉的纱丽垂地，正用容器打满了水徐徐还家。她们用左臂紧紧扣住容器，右臂来回摆动着。浑身沾满泥巴的孩子们，你吵我嚷地玩耍，互相打着水仗，其中一个孩子还不顾跑调地大声哼唱着。

掠过高高的河岸，竹林梢头的农舍屋顶隐约在望。碧空如洗，阳光明媚。残留的云朵全都退守在地平线上，似如一团团蓬松的棉花。风也已吹面不寒。

小河里并没有太多船；只有几个小艇，装满了干的树枝树梢之类，悠闲地向着似已倦怠的浅水处移动！浅水区！噢，他们的桨。河边的竹子上系着渔夫们正在晾晒的渔网。看起来，似乎处处都在结束一天的劳作。

楚哈利
1891年6月

黑云在西边天空密布的时候，我已经在甲板上坐了一小时一刻钟还有余。阴云已近，如墨翻腾，浓淡粗浅如衣衫褴褛，如火般的闪电鞭打着这里那里，阴晴闪烁。小船惶惶窜入较小的支流中，将锚死死地下在岸边。收割庄稼的人们拿着刚刚割下的稻束匆匆回家；牛群跟在他们后面，在后面是小牛欢快地甩着尾巴。

接着就是一声雷霆般的怒吼。被撕扯成碎片的云从西边急急赶来，好像气喘不已赶来报丧的传信人。终于，雷电交加，狂风暴雨，一时俱发，好似疯魔得道狂舞。暴怒的风从地上袭过，竹林如同哭嚎般吼叫，霎时向东，霎时向西；四下的暴雨如同耍蛇人的笛声一样哗哗作响。伴着这一旋律，河面上成千上万戴着王冠的浪头，如同顶着花翎的蛇群一般应声摇摆。雷声依然隆隆，仿佛要将阴云背后的整个世界全部捶成碎片。

我托着腮倚在背风敞开的窗户边上，让思绪随着这场恐怖的狂欢飘飞，它们顿时四向散开，如同一群放学的孩童般雀跃。尽管如此，我要在这倾泻的暴雨中彻底湿透时，关上窗户，收起诗意，像只笼中鸟一样，悄悄退缩到阴暗角落里。

沙扎德普
1891年6月

灼灼的暑气从系船的那处河岸的草地上升腾起来，大地喘息着，喷吐的热浪着实触及我的身体。活过来的地球很炎热，我可以感受到她在朝着我呼吸，而且她一定也感受到了我的呼吸。

新长出嫩芽的水稻在微风中如浪般翻滚，鸭子挨个将头扎入水中，继而精心梳理着羽毛。小船在水流中微微晃动，愁苦无尽的舷梯有气无力地嘎吱嘎吱响着，四下里再没有别的声音为它助力。

不远处是一个渡口。各色人等混杂在一起，在菩提树下等候着渡船返回；船一到，他们就急切地一拥而上。我久久地玩味着这一幕。河对岸的村庄正逢集，正因此渡口才一片繁忙。有的扛着干草束，有的挎着篮子，有的拎着麻布袋；有人正赶往市场，有人已在回来的路上。就这样，这个安静的正午，熙熙攘攘的人潮来往于两村之间的河上，缓缓移动。

我坐着想：在河岸两旁干旱的田地里，在印度的天幕和阳光中，为什么一直有着深沉的忧郁魅影？我的结论是：对我们来说，大自然显然是更为重要的东西。天空自由自在，田野无边无际，太阳已将它们烤成一团。在这天地之炉中，人看似微不足道。他们像渡船一样来来往往，从此岸到彼岸；还能听到他们咿咿呀呀的话语声，似断似续的歌谣回声；可以看见他们在世界这个大市场里，追求着自己那琐屑的欲望。然而在这浩瀚而高居一切之上的宇宙中，所有这一切却多么无力、多么短暂，多么令人悲哀的荒谬。

看着远处朦胧的青林，它们的线条像给河对岸的田地佩着穗子一般，美丽、辽远，绝对和谐于大自然。它的镇定从容、有待而发、安静不语、深不可测，与我们日常生活中的各种焦虑——鸡毛蒜皮、忧心忡忡、烦恼不断——之间的鲜明对比让我不知所措。

大自然隐藏了，抖抖索索地躲进云雾中，躲进白雪与黑暗中，人们觉得自己是主宰，他们永远都只关注着自己的欲望、自己的工作；他们意欲使之不朽，寄望于自己的子孙后裔，又树碑立传，甚至还要为逝去的人立碑。人类是如此忙碌，以至于没有丝毫时间去想想：有多少墓碑已碎成齑粉，有多少人的名字已被遗忘。

沙扎德普

1891 年 6 月

河岸上横卧着一根很大的墩柱，几个村里的小淘气鬼，穿着衣服，在嘀咕了很久之后商定，一起大声喊叫打着拍子来将它滚起来，这肯定是一个新颖、好玩的游戏。这个主意一经提出，喊着“沙巴什（太棒了），兄弟们！大家一起上，不来的就开除”，游戏开始了。每滚一圈，就响彻一阵大笑。

人群中一个小姑娘的态度可是有点与众不同。她跟几个缺少玩伴的男孩子们一起玩着，但很显然对那个又闹腾又费力的游戏极度不满。最后她直接走到墩柱跟前来，二话不说，毅然决然地坐在了上面。

如此稀罕的一个游戏遭遇如此一个从天而降的“滑铁卢”！几个玩家看似要将这个游戏当成个倒霉活动而退出了；他们退后了几步，愤愤地瞪着这个庄严矜持、面无表情的姑娘。其中一个人似乎想将她推下来，但即便如此，也丝毫不能撼动姑娘那轻松随意的坐姿。年龄最大的那个小伙子走上前去，指给了她几个同样适合休息的地方；她瞟了一眼，把头摇得拨浪鼓般，还把手放在膝盖上，稳了稳身子，更牢靠地坐在上面。最后，这些孩子不得不诉诸体力行动，遂大获成功。

欢快的吼声再次响彻云霄，墩柱也再次畅快地滚动了起来，甚至连那个女孩也把她那傲慢和高贵的“独尊”抛到一边，编造了个借口加入这个“无聊透顶”的游戏。但可以看出，她始终都肯定，那些男孩们永远不会明白该怎么得体地跟她玩，他们一直毛手毛脚的。如果唯独她随手就有普通的黄色土制玩偶，还有个大大的顶髻，她会屈尊纡贵，加入这些呆头呆脑的男孩玩的傻里傻气的游戏吗？

另一个绝妙的游戏主意突然诞生在这些男孩们中间。就是由两个孩子抓住第三者的胳膊和腿，然后左右晃荡他。这一定更有意思，因为所有的人全都热情大增。但这个女孩很不喜欢，于是她就轻蔑地离开这块“乐土”回家去了。

随后却发生了一点事故。摇晃着的那个男孩被摔了下来。他边揉自己边离开这些伙伴，走到草地上躺下，头枕着交叉放着的双手，想着要告知大家，除了永远说谎以外，他与这个冰冷而且坏透了的世界从此再也没有一丝瓜葛，让自己就这么孤单着，就这么头枕双手，数星星，看那些游戏的云。

还是那个最大的男孩，却不能忍受他过早地宣布放弃世界的想法，他跑到这个闷闷不乐的伙伴旁边，颇有悔意地将他的头放在自己的膝盖上，哄逗他：“起来吧，我的小兄弟！接着玩，小兄弟。我们把你弄伤了吗，小弟？”随之不久后，我就发现他们如两个幼兽般，一边追赶着，一边互相抢着抓住对方的手。两分钟还不到的时间，那个小伙子又去玩着晃人游戏了。

沙扎德普
1891 年 6 月

昨天晚上，我做了一个极不寻常的梦，整个加尔各答看似都笼罩在某种可怕的神秘中，透过又浓又暗的雾，房屋模糊难辨，隐藏在正进行着怪异行动的面纱之下。

我坐在租用的四轮马车里，沿着帕克大街穿行。在穿过圣泽维尔学院时，我发现它迅速变大，很快就深埋在浓雾中，高得不可能更高了。接着从天而降一群魔术师在我上方，向加尔各答走来，如果付费的话，我想可以带来更多这样的奇迹。

当回到我们在乔娜桑格的房子时，我发现这些魔术师也出现在那里。他们面目狰狞，留着一撮小髭须，绺绺长发贴住面颊，一副蒙古人的模样。他们可以将人变大。几个女孩子想要变得高一点，这些魔术师就在她们的头上撒了点粉末，她们就立即“噌噌”向上长起来。我向每一个遇到的人都大声呼喊：“这太荒唐了——只是一个梦而已。”

接着有人提议房子应变大些。魔术师同意了，就从拆除房子的某些部分作为开始，拆除结束后，他们就让付钱，否则他们就不再往下进行。出纳员强烈反对，工作还没有完成，怎么能要求先付钱呢？魔术师顿时野性大发，让整个房子甚为骇人地旋转起来。

整件事情看起来就是彻头彻尾的罪恶行径，我告诉了我的老大哥。“你看看，”我说，“事态成这样子了。我们最好呼唤上帝来帮我们！”但是当我试着在上帝的名义下谴责他们时，我的心脏如同碎了一般，并且一句话都说不出来。接着我就醒了。

一个多么奇特的梦啊，不是吗？加尔各答陷入撒旦之手，像恶魔般地疯狂滋长，却始终是陷在邪恶迷雾的黑暗中。

沙扎德普

1891年6月

昨天，当地的教务长们造访了我家。

他们在这里一直聊着我的生活，我却找不到一句话来说。我差不多每五分钟提出一个问题，他们只对此给出简要的答案；然后我茫然地坐着，转着我的笔，摩挲着我的脑袋。

最后，我斗胆提了一个关于农作物的问题，但是这些教员们竟然对农作物完全茫然无知。

其实我已经请教了我能想到的、关于他们学生的所有事情，但我不得不再次这样开始：贵校有多少男生？一个人说八十个，一个又说一百二十五个。我本来希望可以引起一场争辩，但是什么都没发生，他们编造着各自的差异。

哎呀，为什么啊，又过了一个半小时了，他们本应该想到告辞吧，我却不能说出来。他们本来可以在一个小时前找一个好的理由这样做的，或者说，十二个小时后再提这件事！他们的决定显然是经验式的，全然没有条理。

沙扎德普
1891 年 7 月

在这片码头还停靠着一只船，正对船的岸上挤着一群这个村子的妇女。有几个很明显地准备上路了，其他人目送着她们的离别；人群中，婴儿、面纱、灰白的头发相互交织着。

有一个姑娘特别引起我的注意。她一定是十一二岁，但是却长得丰满健康，看上去可能会被认为十四岁或十五岁了。她的面相俊俏——很黑，却很迷人。头发短短的像个男孩，却恰如其分地成了她淳朴、直率、灵性的表征。她的怀里抱着一个孩子，却以毫不畏惧的好奇心盯着我看，当然在她的眼神中，毫不缺乏直率与机灵。她的半男式、半女式做派有着不可思议的吸引力——一种阳刚之冷峻与阴柔之魅惑的新鲜融会。我懵了：在我们孟加拉的村庄妇女中，还有这样的类型。

很显然，这个大家庭里的人都觉得太多羞怯实在是困难。她们当中的一个就在太阳下解开头发，用手中的几个套环梳理着，同时用她最高的声音和站在船板上的一个女人，聊着她的家庭琐碎。飘进我耳朵里的是，她除了一个女儿之外没有别的孩子了，这女孩却很没脑子，既不会办事，又不会说话，甚至连亲戚和陌生人都不分。我也知道了戈帕尔的女婿最终不过是个二流子，戈帕尔的女儿都不想回到丈夫身边。

曲终人散，要到启程的时候了，她们护送着我的短发“伊人”，那丰满有型的胳膊，还有她的金手镯、她的天真纯朴，还有她那光彩照人的面庞，全都上了船。我祈祝着她是从父亲的家里回返丈夫的家。她们全都站在那儿，小船已经解缆驶出，她们的目光依然紧紧尾随着，还有一两个人用她们“纱丽”松松的角擦着眼睛。一个头上还紧紧打着小髻的小女孩，爬到一个老妇人的脖子上，在她的肩膀上默默啜泣着。或许她就此失去了一个亲爱的“迪迪玛尼”[①]，她曾经和自己一起玩布娃娃游戏，也在淘气的时候教训自己……

小船在溪流中悄无声息地随波流走，似乎越发增添了生离的惆怅——这简直就是死别一般——孤帆远影，斯人已去，他们擦着眼角，回到自己柴米油盐的生活。悲伤会持续，但也只是一会儿，或许走的人和留的人的难过劲儿已经开始减退了，这的确是真的——痛苦只是暂时的，遗忘才会永恒。然而真实的依然是痛苦而不是遗忘；常常，无论生离还是死别，人们都会感受到它是那么真实。

① 姐姐常被称作宝贝姐姐（迪迪玛尼）。

去克塔克的运河汽船上
1891 年 8 月

我的包落在后面了，这样我的衣服日渐污秽不堪，一天比一天难以忍受——常常悬在心上的第一念头，就是它实在与我当有的自尊意识不相匹配。有它在，我可以昂首挺胸精神饱满地面对满世界的人们；没有它，我倒甘愿躲在角落，远离人群中瞥来的目光。我穿着这身衣服和衣而卧，再穿着它们显露在晨光中，又穿着它们走在煤灰粉尘遍布的汽船上，还有每天无法承受的闷热让人憋在又黏又湿的难受中。

且不说这些，我有很大一部分时间是在这艘汽船的甲板上。身边同行的旅客形形色色，似乎永不疲倦。其中有一个人就是阿格尔·巴布，不管有生命的还是无生命的，他除了对其大肆抱怨之外，不会提到任何事情。还有一个人是位音乐爱好者，他坚持不懈地在死一般寂静的深夜，尝试演奏各种花样的湿婆神[①]之曲，这让我坚信他不合时宜的表演有着不止一种内涵。

自昨天晚上以来，汽船就搁浅在运河的一道窄窄的沟坎里，此时已经过了早上九点。我躲在甲板上一个拥挤的角落对付了一晚上，真是生不如死。那会儿我请膳务员帮忙烙点饼作为晚餐，然后他就给我端来一盘炸生面团似的厚厚的东

① 一种拉格曲，或印度风格的古典音乐，应该适合作为晨曲演奏。

西，说不清楚是什么，也没有配菜就着下咽。看见我惊讶而又痛苦的表情，他又满心悔意，马上为我提供了一份大杂烩。此时入夜已深，我婉言谢绝了他送来的东西，努力吞咽了点堵在嗓子眼的干粮。接着，所有的灯都开了，甲板上挤满了人，我也倒下身来准备睡觉了。

蚊子在四周盘旋着，蟑螂四处游荡。一个入睡的伙计在我脚下横躺着，我时时提防着脚板别踢着他。四五个人渐渐鼻息沉重。有几个遭受蚊子折磨又难以入眠的可怜人，只得抽水烟聊以自慰；所有这些之外，还有那变调的湿婆神之曲传来。最后，差不多凌晨三点半的时候，几个挑三拣四又闲不住的人相互怂恿着起床。我绝望了，也只能起身离床，然后一屁股陷在我的帆布躺椅里坐等天明。梦魇一样斑驳的一个晚上就此一去不复返了。

人们的手势表明，汽船很快就深陷于此地，似乎它想让人们用一整天的工夫来让它脱离此处。我打探着是否还有其他任何开往加尔各答的汽船从此路过，人们报以微笑，答道这条航线仅此一艘。如果我愿意的话，我也想冲这艘船微笑一下，那也要在她到达克塔克的时候。侥幸撞上了幸运之神，一番又推又拉又搬的折腾之后，她终于在十点的时候又行驶在水面之上。

提兰
1891 年 9 月 7 日

在巴里亚靠岸，实在让人饱览两岸高大清秀的树木所成的一派葱茏美景，但从总体上说，这条运河水道多少总让我惦念蒲那[1]的那条小河。一想到这里我就肯定地认为，如果该运河是一条真正的河流，我想我本来可以更喜欢它一些。

长着婆娑大叶的椰子树、杧果树和其他一些遮阳树在堤岸上排成一线，开阔的河岸绿草油油，向着河床温柔地倾斜舒展着，那些大树还“簌簌”地将自己的花洒落在一些敏感的植物上。到处都是一些露兜树林，透过这些小林子的尽头观望，农田一眼望不到边，直向天际延伸着，田里的庄稼在雨后是如此的轻柔养眼，仿佛眼睛也会融化在它们的深处。一如既往，在椰子树和枣椰树的小树林里，点缀着几个小村庄，在低低的清凉湿润的季风性云朵之下如同巢穴一般。

依着轻缓的水流穿行在这些运河沟渠中，风在这明净、葱绿的堤岸之间也斯文起来，绿草铺展，河道渐窄，睡莲星罗棋布，芦苇丛生其间。然而心绪总因那个念头而生起烦恼：毕竟除了一条人工河流外，什么也不是。

河中的水嗫嚅着回不到时间的开端之处。它知道有着些许遥远而又难以到达的山间洞穴，其神秘毫无价值。它已经

① 印度北方城市。——译者注

很多年来不再流淌，恩荣般地被冠以一个旧世界女性名号，美其名曰用自己的乳汁滋养着两岸的村庄。要是古老的人工湖，甚至能够获得更大的荣耀。

尽管如此，百年以来，两岸的树木已经生长得高大威猛；那新镌的里程碑已经破败，因苔藓斑驳而显得古色古香；水闸上刻着 1871 年的日期，已经被甩在后面很远了。那么，如果作为我的外孙得以重生，再来克塔克的地产沿这条运河检视一番的话，或许我对它就会有不一样的感受。

谢里达
1891 年 10 月

一只接一只的船靠岸了，过了整整一年，背井离乡的人们又从遥远的工作地点回返家乡，过他们的杜尔迦节[①]，箱子、篮子、扎捆物及礼物等被一一搬下。我注意着其中一个人，他的船一靠岸，就将一件叠着带褶子的缠腰布——多蒂换上，棉布束腰外衣上再套着一件中国丝绸的外套，再很精心地把脖子上的围巾正一正，伞举在上面，就开步向一个村庄走去。

田里的稻浪沙沙作响。杧果和椰子树的树冠在空中张扬，树冠之外飘着直接地平线的大团云朵。棕榈叶的流影在微风中如波浪般起伏。沙岸上的芦苇正处于开花期。所有这一切是一幅多么让人心醉的美景啊。

刚刚到家的心情，还有等待他归来的乡亲们的殷切期盼，这秋日的天空，这整个世俗生活，这清晨柔和的凉风，乔木也好，灌木也罢，都共同应声轻颤着，小河也泛起皱纹。所有这一切都密谋着要淹没这个孤独的年轻人，他从窗户中向外凝视着，心里满是无以名状的喜乐与哀伤。

从道旁窗户中向外部世界的一瞥，就会带来新的期望，

① 拜杜尔迦女神的节日，印度的主要节日之一，也是印度西孟加拉邦人最大的节日，每年 9 月、10 月间举行。——译者注

或者说，让原有的欲望有了新的形式。前天，当我挨着船中窗户坐着的时候，一个小的打鱼艇从旁驶过，船夫的嘴里唱着歌——一首非常不成调的歌。但这却让我想起了一个晚上，那是很多年以前，当时我还是一个小孩。我们正坐船沿着帕德玛河行进。我在午夜两点醒过来，升起窗户，向外探头张望，只见水平如镜，倒映着月光，一个少年划着一只小舢板，唱着歌顺流而下，噢，多么甜美啊，如此甜美的旋律我此前从未听到过。

一种突然的渴望油然而生，想要回到那日那歌中去；如果允许生活中的另一次努力，那么此次就不会留下虚度和遗憾。但是，吟诵着诗人的歌曲，乘着涨潮时分的波峰浪迹天涯，向人们传唱着并纾解他们的心灵；让他们因我而看一看这个世界之所拥有，以及自己所处之所拥有；让人们知道我，也去了解自己；像充满期待的风一样，在生命和青春时代的环游世界中绽放；然后在诸愿皆圆、硕果累累的晚年再回到家中，像一个诗人应该做的那样去安度余生。

这不是一个非常崇高的理想，对吗？无疑，要造福于全世界一直都很高远；但从总体上说，我的本性就是什么抱负都不会在我身上发生。我不能委屈心志，在自我锤炼的饥馑中牺牲此前的生命之礼，用高速高效和深思熟虑以及无尽的论证来让世界和人的心灵沮丧不已。像常人一样生死，热爱并信任这个世界，而不是将它看成造物主的幻觉或魔鬼的圈套，在我看来就已足够。我不会为了成一个在空中飞舞的天使而努力。

谢里达
1891 年卡提克月（10 月）2 日

当我到达乡村，就不再将一个人从其他中分离出来了。那条河流经许多地方，环绕着树林、村庄和小镇，人流涌动中的嘈杂也是如此。“人来人往，我固永在”并不是一个正确的比较。人类也汇合着所有它的水流，大的小的，流的潴的，再像河流一样从它诞生的起点到达冥界之海——两端是晦涩的神秘，中间是人们永不停息的歌哭笑谈。

那边是耕种者在田地里唱着歌，这边是一艘艘渔船飘过。白昼缓缓流淌，烈日逐渐炙晒。有几个沐浴者还在河中，其他人已经上岸，还有人已经打满水回家。所以，河流两岸在过去的好几百年一直这样浅吟低唱着他们的生活方式，然而副歌以哀伤的曲调齐声唱起：我固永在。

正午时分的寂静中，有着些许幼稚的小牧童用自己最大的嗓门呼喊同伴的声音清晰可闻；几只归家的船水花四溅；波浪轻拍着几个取水的村妇尚未沉下的水罐；在这交汇的声响中，还有几个微弱而难以捉摸的声音，叽叽喳喳的鸟，嗡嗡的蜜蜂，咯吱咯吱地在波浪中来回晃动的船屋——所有这一切融为一首摇篮曲，像母亲在努力哄她受难的孩子安静下来。她哼唱着，如同镇静地轻抚发烫的前额：“别担心，别焦虑，也别再哭泣。让你的挣扎、你的攫取、你的争斗都那样吧；忘掉它们一会儿，休息一会儿。”

谢里达
1891年卡提克月3日

这是克加咖[1]的月圆之夜，我独自漫步在河边，和自己交谈着。其实这很难被称作一次谈话，因为我一直在说，而我想象中的同伴一直在听。这个可怜的伙计没有机会让自己发言，因为难道不是我在迫使他像个傻瓜一样无助地做出回答吗？

然而这是怎样的一个夜晚啊！我曾多么频繁地描绘它们，却从来没有领悟过它们！河面上没有一丝波纹；从远处那端的彼岸，可以看到河流主要水道的一处最远的河岸，已经快要到达沙漠带的另一边缘，从那里到这边的河岸，是一条宽阔的地带在月光下闪烁。放眼望去却没有一个人，也没有一条船；没有一棵树，而那个新冲积成的沙洲孤岛上连一根草都没有。

看起来，如同一轮孤月悬在一个被毁灭殆尽的地球上一样；一条漫不经心的河流，彷徨在一个了无生气的夐绝之境；一个关于遭遗弃世界的古老民间传说顿时浮现——该国土上所有的国王和王后，还有他们的官员和亲友以及他们的金色城堡全都消失了，只剩下七个大海、十三条河和喜欢冒险的王子光顾的无尽荒野，一切在苍白的月光下冷冷发光。我上

---

① 印度的小排灯节，每年9月到10月的月圆之夜举行，是表达对吉祥天女的崇拜。——译者注

下走动着，就仿佛这个濒死的世界那最后一息跳动的脉搏。河对岸的每一个人看起来——有生命的那一岸——他们正在大英帝国政府和19世纪，还有茶叶和烟草的统治之下。

谢里达
1892年1月9日

天气徘徊在冬春之间已经持续好几天了。早上，大地和河流可能一碰到北风就会战栗不已；而到傍晚，在月光中姗姗而来的南风又让它们兴奋起来。

无疑，春天已经在路上了。喊着“巴比亚”这个名字的声音，再次从河对岸的树林中传来，久久回荡着。人类的心也被撩拨着。因此，夜幕初降，就有歌声在村中响起，他们已经不用再匆匆闩门关窗，躺在热被窝中，度过漫漫长夜了。

今晚的月儿正圆，圆满皎洁的面庞斜穿开着的窗户注视着我，柔光流溢在我的左侧，她似乎竭力想要弄明白，我到底有没有在信中说她的坏话——或许，她对我们凡人更关注自己以及月中阴影而不是月光，表达着疑问吧。

一只鸟儿在沙岸上悲悲切切地“泣—泣”啼叫着。河流看似已经停滞。没有船的踪影。堤岸上枝叶凝固的小树林，在水面上投下没有一丝颤动的影子。阴霾降临夜空，弄得月亮好似一只瞌睡的眼，勉力睁着。

自此以后的夜晚将会越来越暗了；明天我从办公室出来，那时的月——我在流浪的旅途中最亲密的这位伴侣，已经游走得离我更远了一点，这让我疑心着她是否在昨晚将她的心灵不留一丝痕迹地向我剖白，然后却又一点一点地掩蔽起来。

在一个陌生而又孤独的地方，大自然真的就会变得亲近。

近几天里，每每想到满月过后，我错失的月光就会一天天地多起来，竟都让自己黯然伤感不已。总觉得被流放得越来越远，天边那份一直等待着我回到河对岸的美好与祥和，也不在原处了，我又将得在暗夜中摸索回去了。

无论如何，我都将铭记今天正是满月——本年度春天的第一个满月。在未来的几年里，我很有可能都会记得这个夜晚，记得那只在沙岸“泣—泣”啼叫的鸟，记得在另一河滨那条船上闪烁的遥远光芒，记得河面上四散开的月影，记得沿河岸那一溜婆娑而黝黑的大树投下的模糊黑影，还有头顶上在空寂漠然中明晃晃的白色夜空。

谢里达
1892年4月7日

河水逐渐落下去了，这道汊港中的水最多不过齐腰深。所以船在主流抛锚就显得丝毫不稀奇。在我的右岸，农人们正在耕种，时时牵着耕牛下到河边饮水。左岸则是老谢里达花园的杧果树和椰子树，河水冲刷过的斜坡下面，有很多村子里的妇女们在洗衣服，拿水罐打水、沐浴，用她们当地的方言笑骂闲聊着。

那些小一些的女孩子们，看起来永远都不会在水中玩得筋疲力尽；听着她们率性、欢快的笑声真让人愉悦。男人们照例规律地在水中浸一浸就回返了，这些女孩子却跟水有着更亲密的关系。说笑声、闲聊声都如同水花起落声一样，以一种同样简单而自然的方式变得相似。在严厉的怒视之下，她们可能也会失去活力而消停下来，然而她们都能承受打击，不会无望地一蹶不振。对她们来说，如果不能洞彻女人和水的温柔怀抱之奥秘，这个坚硬的世界就将一片荒芜。

丁尼生曾经说过，女人之于男人就像水之于酒。今天，我觉得他们的关系就像水之于岸。女人更多是在家与水为伴，在水中沐浴，在水中嬉闹，在水边聚会。对于女人来说，从泉里、井里、河岸边或水池中取水，一直都由她们一力承担，其他的重担看起来就不归她们了。

波尔普
1892年5月2日

世界上有很多悖论，其中一个是这样的：无论何处，只要那里风光无限、天际无垠、云朵密布、感觉深不可测——就会生起一种无限之感——这种感觉最恰当的表达就是在一个孤独者面前，一群人就会被显得渺小而纷乱不堪。

个体和无限处于等价位置，值得双方从自己的王座上相互审视。那种处境下如果人多起来，人类和无限都会变得多么卑小，人们相互之间的摩擦碰撞会多么频繁，都只为了在一起变得适应。每一个灵魂都期望有足够大的伸展空间，因此在群体中它就必须要等待罅隙出现，伺机穿过，再一次次地刺出一条出头的缝。

所以我们的各种企图集中起来导致的结果，就是不再能够因没有边际、无法测度的延伸，去握紧相互联系的手，延长伸展的胳臂了。

波尔普

1892 年杰斯塔月（5 月）8 日

试图显得聪慧解颐却只暴露出大胆鲁莽的女性，是让人难以忍受的。因为这种努力显得滑稽，这在女性中是很不雅的，不管成功与否。这种喜剧性笨拙而夸张，在某种程度上走极端也是如此。大象是滑稽的，骆驼和长颈鹿也是滑稽的，所有过度之物都是滑稽的。

敏锐与美很接近，就像刺之于花一样。所以讽刺于女人是不相称的，尽管来自女人的讽刺具有杀伤力。但是带有庞大笨拙特色的嘲讽，女性最好留给我们这些较为粗犷的性别。男性的福斯塔夫[①]让我们笑断肋骨，女性的福斯塔夫就只会让我们绷紧神经了。

① 莎士比亚笔下的一个喜剧角色。

波尔普
1892年杰斯塔月（5月）12日

我晚上经常会一个人在屋顶平台上溜达一会儿。昨天下午，我觉得向造访我的客人展示当地风光的美好，是我的责任所在，于是就让阿格尔做向导，带着客人们出去散步。

在遥远的天际边缘，那些婆娑大树已成深蓝色，一抹暗蓝色的细长云带悬在它们之上，看起来分外妖娆。我试图要显得诗意些，就说它多像是抹在睫毛之上的蓝色眼线，让蓝色美眸更显靓丽。同行者中一个人没听到我的妙语，一个人不能领会，第三个人应付道："是啊，很漂亮。"我觉得有些沮丧，就不再努力第二次大发诗兴了。

大约闲步了一公里，我们到了一个大坝面前，沿水库的四周种着一排扇叶棕榈，树下有一眼天然的泉。我们驻足那里观赏的时候，发现刚才在北边看见的那道细长的云正朝着我们走来，它已经变得臃肿，而且更加浓黑了，还伴随着闪电的瞬间飘过。

我们全都一致地得出结论：在一个可以遮挡风雨的房里欣赏大自然的美景会更好一些，但是当我们一踏上回家的路，暴风雨就迈开大步伐，跨过那片荒野，在我们的上空大肆发怒起来。我六神无主了，那会儿还在赞叹大自然这位曼妙美妇眼睫毛上的眼线，此时她就像一个悍妇般向我们飞奔过来，大大地扇了我们一耳光来吓退我们。

风沙顿起，暗无天日，几步之外就人影模糊了。暴风雨的怒意在增加，沙石地上那些被吹起的小石子像箭一样打在我们身上，狂风如提着我们的后颈将我们向前推，像鞭子抽打一般的雨点已经开始落下来了。

快跑！快跑！但是路面却凹凸不平，到处都是如同深深的伤口一样的水道，平时跨过去都不容易，更不要说暴风雨的时候了。我又被一丛带刺的小灌木纠缠上了，待我稍事解脱后，暴风几乎是直冲着我的面部打来。

在我们快要接近一所房子的时候，一大伙仆从边喊边手舞足蹈地跑来，活像另一场暴风雨的临近。有几个人拉着我们，几个人慨叹着我们的窘境，还有的人热心地帮着引路，另外的人则遮挡在背后，好像担心大风暴可能会把我们一起卷走一样。好不容易避开他们的热心之后，我们总算进到了房里，然后蓬头垢面、浑身湿透地喘息着。

我终于明白了一件事，而且在此后的小说或故事中，再也不会编造这样的谎言，说主人公满心满怀地都是爱人的倩影，他可以从容淡定地风里来雨里去。没有人可以在暴风雨中，脑海里还一直映现着另一张面孔，无论多么可爱，能一直不让沙子钻进眼睛里就已经足够了……

毗湿奴教派的诗中曾吟唱，魅力非凡的罗陀在一个暴风雨夜前去和她的克里希那幽会。我想知道，难道他们就没有停下想想，她会在什么样的状况之下跑到他的跟前？乱成一团的头发可以很容易想到，也不排除她想上厕所的情况。当她尘垢满身，被雨水打湿的衣衫遍是泥浆的时候，那么她必然成了一道风景。

但我们在品读这些毗湿奴诗歌的时候，这种想法从来不会产生。我们只能看见心灵的画布上的那位窈窕淑女，她在“什拉梵”季[①]的一个漆黑的暴风雨夜，穿过东印度团花盛开的避居处，向着朱木拿河岸走去，风雨她已浑然忘记，如在梦境中被超越一切的爱情指引一样。她扎紧脚镯，以免它们叮当作响；她着一身青蓝色的衣衫，以免被人发现；但她没有打着伞，以免自己被淋湿，也没有提着灯笼，以免自己被滑倒。

哎呀！这些实用的东西——在现实生活中多么需要，在诗歌中却被抛到九霄云外！诗歌要将我们从这些必需品的束缚中解放出来，却是徒劳一场——它们一直都伴随着我们；我们被频繁地告知这一点，以至于都觉得诗歌在文明的历程中会灭绝，而鞋和伞的技术专利却一个接一个地被摘取。

① 七八月间的雨季。

波尔普

1892年杰斯塔月（5月）16日

这里没有一个鸣钟的教堂塔楼，附近也没有人家，鸟叫声一落下来，这里就完全成了寂静一片。傍晚和深夜没什么太大区别。无眠的加尔各答之夜悄然流逝，如同一条巨大而迟缓的黑暗之河；一个人躺在床上，一扫而过的各种声音都会清晰可辨。但在这里，夜如同一个硕大、凝然的湖，安然镇定，毫无律动的迹象。昨晚，我想要将它从这一端扔到那一端，却觉得陷入一种更密集的停滞状态。

早上我比平时起床略晚一会，下楼后倚在一张靠垫上，一条腿搭着另一条腿的膝盖。胸口像压着一条石板，有晨风和鸟声婉转相伴，我开始写作。渐入佳境——我嘴上挂着微笑，眼睛半闭着，思绪在韵律中飘荡着，哼唱着的诗句渐渐呼之欲出，此时邮递员来了。

来了一封信，一份最近一期的《实践》杂志，一份《一元论者》以及一些校样。我读着信，眼睛瞟了一眼那还未切边的《实践》，然后再次陷入摇头晃脑中，哼唱着我的诗歌。一直要到这首诗圆满了，我才能做下一件事。

我想知道为什么写好几页散文，也无法带给人想完成一首小诗那样的快乐。人的七情六欲都可以在诗中获取形式上的完美，就像用手来操作它们一样。但是散文就像一个袋子，装着松散的物件，沉重而笨拙，不能让你随心所欲地驾驭。

如果我一天能够写完一首诗，我的人生就将在快乐中度过；然而尽管我很多年来一直耽溺于作诗，诗歌却仍未变得驯顺起来，也从没有像带翼的坐骑那样，允许我在任何愿意的时候都能勒紧它的笼头。艺术之乐就在于那种自由，任何所向往的远距离飞行都可以进行；进一步说，即使在回归囚笼世界之后，还有回声在耳边缭绕，还有心境得以提升。

小诗始终在不经意间到来，所以也就使得戏剧的进展中止。如果不是这样，我本来可以一直酝酿着两三部戏剧，它们一直光顾我。恐怕我必须得等到天气变冷了。除了《齐德拉》之外，我其他所有戏剧都是在冬天写成的。在那个季节，诗律的热情更易于冷却下来，这样也就有更多的闲暇来写作剧本了。

波尔普

1892 年杰斯塔月（5 月）31 日

还没有到五点，但天已现黎明了，清风和煦，园中百鸟已苏醒过来，开始大展歌喉。噪鹃看起来无法自制。很难理解为什么它可以一直不知疲倦地“咕咕”叫个不停。当然这不是为了取悦我们，也不是为了分散它日渐憔悴的爱人[①]的注意力——这必然只是属于它自己的私密性意图。但实在让人沮丧的是，这种意图似乎永远不能实现。不过这也并未让人备感难受。它一直“咕—咕”叫着，时不时还夹有热情洋溢的婉转之声，这是什么意思呢？

在稍远一些的地方，还有一些鸟儿似乎有气无力或者毫无热情地在“咯—咯”叫着，好像所有的希望全都丧失。尽管如此，一些极荫僻的角落也挡不住这种甚是微弱的声音：咯—咯，咯—咯，咯—咯。

真的，我们对这些纯洁的带翼小精灵们的日常家事，知道多少啊，还有它们的柔和，它们的胸和脖子，以及多彩的羽毛。为什么它们会发现在这个地球上永不停息地歌唱，是如此必要呢？

① 古梵语诸诗人最喜爱的幻想意象。

谢里达
1892年杰斯塔月（6月）31日

我反感那些礼仪性的程式。今天我还是一贯重复这句话：“我更想成为一个阿拉伯贝都因人。”一个真汉子，健康、强壮、血腥而自由。

我觉得我想对有关古代那些腐朽之物进行永不止息的辩诘和细节研究，来蜕掉这个不断衰老的心灵和身体，来感受自由而充满活力的人生之欢乐；能够拥有广博、率性、毫无束缚的思想和灵感，不管好的还是坏的，能够从习俗与心智、心智与欲求、欲求与行动的永恒摩擦中解脱出来。

要是我能够彻底设计我这多阻多碍的人生并给它无限自由，我就会百分百地火山爆发，让周围的骚动一浪高过一浪；我会疯狂地为事业，如一匹野马一样以本有的速度疾驰而乐！但我是一个孟加拉人，而不是一个贝都因人！我还得继续在角落闷坐，虚度光阴，忧心忡忡，辩议不休。我的心思一会儿在这里，一会儿在那里——像一条鱼一样上下游动——也时时像沸腾的水泡一样，这边泛起，那边泛起。

让它们都去吧。因为我不能彻底狂野，我应该竭力成为一个彻底的臣民，也就这样还恰当。为什么要去煽动两方的争吵呢？

谢里达
1892年6月16日

我们独自在河边或开阔的乡村生活得越久，那么这一点就越鲜明，即没有什么比履行人生中平淡无奇的责任更美好或更伟大的了。从田野中的草到天空中的星，万物都正是如此；正因它们没有一个试图强力地悖乱其职分，大自然才能有如此深广的和平与超越的美。

然而，万物所做的这一切又都绝不是转瞬即逝的。小草用尽全部能量来从草根的最尽头处抽取养分，只为像草一样地在那里；它绝不会要成为一棵榕树而徒然费力；因此地球也收获了一张可爱的绿色地毯。在人类社会中，由于日常生活中践行着一些细小的责任，而非大行动、大语言，那些细微的美与和平的确也随处可见。

可能因为我们整个的人生并不是在每一个时刻都能真切显现，所以某些希望可能就极富诱惑，未来的光明愿景不再被每日生活中的重担所束缚，这些可能都鼓动着我们——尽管它们是空中楼阁。

谢里达
1892年阿萨月（6月）2日

昨天，雨季“阿萨[①]”的第一天正式君临这里，人们以相当的排场和布置来为之庆祝。一整天都酷热难耐，但下午终于浓云滚滚，铺满天空。

在这个雨季的第一天，我想到了自己，真想冒险出去淋个够，也比拘禁在地牢般的斗室中好。

1293年[②]这一年在我的人生中再也不会来了，也正因此，还有多少个“阿萨”的第一天会到来呢？能够再度过三十个“阿萨”的第一天，我的人生都够长了，对我来说，至少“云使”中的诗表明了这种特殊差异[③]。

有时会猛然想到：我人生中的每一天都各得其所，我会是多么的幸运啊，或被朝日夕阳染上霞光，或因深暗的阴云而凉爽，或像一朵白色的花朵在月光中开放。一种多么不可思议的宝藏啊！

一千多年前，迦梨陀娑迎接了“阿萨”的第一个日子；在我的人生中，每年同样的“阿萨”到来日都曾因它所有的荣耀降临，优禅尼同一题材的诗，带来了无数男男女女结合

① 六七月间，雨季的开始。

② 孟加拉历纪年。

③ 在迦梨陀娑的《云使》中，对雨季突如其来的精彩描述是这样开始的：阿萨月的头一天。

的欢乐，以及分离的悲恸。

每年的这个伟大而神圣的日子，都会走出我的人生；这一时刻会到来，迦梨陀娑的日子，“云使”的日子，永恒的雨季第一日，这个日子对我只会更少而不会更多。当我意识到这一点，我觉得我想好好端详一番，向每天的日出都致以精心的问候，向每天的日落都道一声“惜别”，就如同跟密友一样。

这是一个多么盛大的节日，一个多么宽广的狂欢舞台！甚至我们都无法对之完全回应，因为它离我们生活的世界多远啊！星光可以穿行好几百万公里到达地球，却到不了我们的心——我们的心比那还要远好几百万公里！

我跌入的世界是一个奇怪物种的人类世界！他们一直都忙着在四周竖起围墙、制定规则，他们和自己的壁垒在一起，多么小心谨慎，唯恐看见外界。这对我来说真是一个奇迹：人们竟然没有为绽放的花草搭一个单调乏味的盖子，再张一顶擎天伞盖挡住月光。如果接下来的人生便是被这样的欲求所主宰，那么我就应该从我们这个重重遮蔽的星球重新投生，到一个略有自由和开放的乐土之上。

只有那里的人不会沉溺于完美之美，尽管会将此作为一种理智的目标。然而他们都曾品过不可思议之味，知道即便穷尽耳目之力，也离其至为遥远——甚至更不要说心灵要臻达这份向往的顶端，会多么微弱无力啊。

又及，我已经写下了一开始想表明的那些话了。别怕，它不会超过四页信纸的。确确实实是在“阿萨”到来的第一个晚上，下了很痛快的一场雨，如瓢泼盆倾一般。以上就是所有的。

去高伦达的路上
1892年6月21日

好一副应接不暇的美景啊：沙岸，田地和庄稼，村庄，全都触眼即是——还有天空的流云，昏昼交替时绽放的花。小艇划过，渔夫在捕鱼；水流轻缓，整日不歇地轻抚哼唱着；声音在夜的静谧中四散而渐趋寂然，如同孩子在催眠曲中做梦，顶上浩瀚天空中的众星在凝望——接着，我从这个清醒的夜中坐起，伴着彼岸已入睡的沙堤，只偶尔会在村庄附近的树林中有豺嗥声打破沉寂，或者是依稀可闻的帕德玛河河水从悬崖般的高岸汇入水流中的声音。

并不是说对这样的景观就伴有特殊的兴趣——黄色的沙岸，洁净的绿草或树木四处延伸；一只空船系在岸边；浅蓝色的水卷着天空中的云朵投下的阴影流淌着；然而我却说不出它是如何打动我的。我疑心与我童年时还拿仆人当马骑时期的那些古老渴望和追求有关——当时被固定地关在屋中，我就倾注于《天方夜谭》，和水手辛巴达一起分享着他在许多陌生地方的历险——那些陈旧的东西还没有在我的心中老去，却在看见任何一只沙岸边系着的空船时被唤醒。

如果童年时期没有听过那些民间传说，没读过《天方夜谭》和《鲁滨孙漂流记》，我敢肯定：在目睹远处那些沙岸，或更远的彼岸那些广阔田地时，不会心中大动——事实上，整个世界对我来说都有着全然不同的魅力。

想象与现实交织于人的心中，这是怎样的一个迷宫啊！大大小小的不同之处只在于故事、事件和画面，它们是怎样仅仅接榫扣合的啊！

谢里达
1892 年 6 月 22 日

清晨挺早，我还躺在床上的时候，听到一个女的在浴场附近呼唤着欢快的“乌鲁！乌鲁！[①]”声。声音出奇地打动我，尽管很难说清原因。

可能这种欢快的爆发，能够让一个人置身于世界上处处开展的节日行动之洪流中，而活动中的大部分个体间都本无关系。世界如此辽阔，集会阵容如此浩大，来自未知之家的相关音讯飘荡过来，人们就会觉悟：人类世界所做的很大一部分并没有太大作用，不承认或不理解自己；随后，他觉得被遗弃了，自己和世界的联系那么松散，一种哀痛逐渐将他击垮。

所以这些“乌鲁！乌鲁！”的喊声让我的人生，不管过去的还是未来的，看起来都像一条漫长之路，这些喊声从两端向我跑过来。这种感觉让我的人生起点多彩亮丽。

经理和他的职员以及求见的农夫的出现，他们相会在一处，驱散了那种有关过去和未来的浮想，一个活力四射的当下时刻站在了我的面前并向我致敬。

---

① 女人们在喜庆或节日中发出的一种独特而尖锐的欢呼声。

沙扎德普
1892年6月25日

今天的信中说的是听到A君的歌声，它以一种难以名状的向往之情直入我的心底。生活中每一种小快乐，尽管在嘈杂的市井之音中无人欣赏，却能在远离故土之时一劲刺入肺腑。我酷爱音乐，在加尔各答也不乏乐音和乐器，但我却是充耳不闻。然而尽管我时时都可能做不到，这种需求却一直强烈地滞留心间。

我读着今天的信，有种令人挠心的、渴望一听A君甜美歌喉的感觉，我马上确定：实现后仍在呼喊的诸多被压抑的创造之渴望，其中之一乃是近在咫尺却被忽略的欢乐；同时的我们一直忙于追求那些虚幻缥缈的不可能之物，却让生命在闹饥荒……

曾经可以轻易得到却最终溜走的快乐所遗留下的空虚，正在我的生活中与日俱增。终有一天我会觉得：如果我可以重返过去，我不会再奋力追求那些不可获得的东西了，并且在生活所提供的这些琐屑、无欲无求的日常小乐子中度尽一生。

沙扎德普
1892年6月27日

昨天，正在下午时分，阴云密布得骇人，我顿时起了一丝恐惧之感，都不曾记得此前曾见过如此盛怒的愁云。

大块大块臃肿的青黑色云朵堆垛起来，其中一朵高高在上，从地平线拔地而起，看起来如同一个狂躁的魔鬼那蓬松的胡子。

云层凹凸不平的底部边缘处，透出一道血红色的刺目光芒，如同横贯苍穹的野牛那凶残的眼眸射出，它抖擞着鬃毛，低着头，在激怒中向大地撞去。

地里的庄稼和树上的叶子都因对那迫在眉睫的灾难而恐惧战栗，一汪接一汪的水也都不断颤抖；禽鸟四处逃窜，鸦雀聒噪得人心烦意乱。

沙扎德普
1892年6月29日

昨天我写道，今天晚上我与大诗人迦梨陀娑有个约会。晚上我点起蜡烛，抽出凳子坐在桌前，一切准备就绪的时候，不是迦梨陀娑却是邮局局长走了进来。一个活生生的邮局局长不能但却有权要求优先于一个已故去的诗人，所以我不能明白告诉他，为本已约定好的迦梨陀娑让道，他也搞不懂这是怎么回事！所以我请他坐下并让老迦梨陀娑先“回避”。

这个邮递员和我有一种默契。当邮局还属于我们那栋大楼的时候，我每天都能碰见他。我就是一天下午在这间屋子写的《邮局局长》那个故事。当故事发表在《指导者》杂志上时，他带着腼腆的笑脸来看我，不太以为然地触及这个话题。无论怎样，我很喜欢这个人。他总有着我喜欢听的大量逸事，也很有幽默感。

邮局局长离开的时候已经晚了，我马上开始读《罗怙世系》[①]，读完了印都玛蒂“择婿典礼[②]”的所有内容。

那些英俊潇洒、令人倾倒的众王子们坐在大厅一排排的宝座之上。突然，大海螺低吼，喇叭长鸣，苏南达搀扶着身

---

① 诗人迦梨陀娑的一部著作，但他可能是以《沙恭达罗》的作者而为欧洲所熟知。

② 印度的一种古老风俗，在典礼中一位公主要在一群相互竞争的求婚者中选择一位，然后亲手将花环戴在她中意之人的脖子上。

着新娘礼服的印都玛蒂，出来站在王子们的过道中间。面对这幅画面实在让人愉悦啊。

接下来，随着苏南达向她介绍每一位求婚者，印都玛蒂就冷静理智地鞠躬施礼，然后走开。这种谦逊的礼貌是多么迷人啊！他们全都是王子，也都比她年长。而她仅仅是一个小女孩。如果她不通过这种谦逊的体面，来为那无法避免的拒绝之粗鲁表示歉疚，整个场面就太煞风景了。

谢里达
1892年8月20日

“如果我能在那里生活就好了！”看到一幅景色宜人的画面时，人们常常会这么想。这是对此处满意而起的一种向往之情，人们会觉得在那里是生活在一个明净多彩的图画中，没有一丝现实的冷酷。在我的孩提时期，“保罗”和“弗吉尼亚”或“鲁滨孙·克鲁索”那里的森林和大海，常常从日常生活的世界中浮现出来；而此处的阳光明媚，也将我带回那种思绪之中，让我觉得过去是常常盯着这些画面的。

我无法准确地说明这一点，或清楚地解释在我内心唤醒的这种向往之情。它如同将我和这个世界相互联系的一种暗流，在我的血脉之中涌动。似乎有一种模糊而遥远的时间记忆之感涌上心头，当时我和地球上其他一切合而为一；当时我的身上长满青草，秋光洒遍；当时在和煦的阳光爱抚下，一种青春的芬芳，从我巨大、柔软、绿意盎然的身体上的每一个毛孔中逸出，一份清新的生机、甜美的快意，从我之存在的无限中不知不觉地分泌着，然后顺其自然地倾泻出去。如同在高爽的蓝色天幕之下，它静静地躺卧下来，变幻成众多的土地、海洋、山脉，向四方延伸着。

我的感觉看似就是洪荒时期的地球万物，沉浸在阳光抚爱的日子中的那种欣喜；意识仿佛正透过每一片草叶、每一个吮吸着的根系在涌动着，透过每一棵树的汁液在升华着，透过玉米地波浪起伏中那欢快的颤动、那些掌状棕榈叶的沙沙作响而爆发着、迸射着。

我觉得我是因与地球的这种血缘之亲、这份对她的亲人之爱，在逼迫着我进行表达，但我很怕不被理解。

波利亚
1892年11月18日

我想知道你的火车此时到哪里了。现在正是日出时分，太阳正拂过高低不平、少树多石的那瓦迪车站附近吧。那里的四周一定被清新的阳光照得灿烂，因此远处那些遥远的青黛色山丘也依稀可见了。

除了一些较原始的村落中有人赶着他们的耕牛在犁地外，耕种过的田地几乎见不到；铁道分隔开的两边垒摞着黑色的岩石——这是业已干涸的水流留下的卵石脚印，还有那些沿着电报线栖息的黑色鹡鸰，一个个烦躁不安。这是一片阳光之下荒凉而伤痕累累的土地，尽管它在轻柔、明媚、如天使之翼般的爱抚之下显得驯服温顺。

你知道这勾起了怎样的一幅画面吗？在迦梨陀娑的《沙恭达罗》中有这样一幕：国王豆扇陀的幼子婆罗多和一只幼狮玩耍。孩子爱怜地用他那精巧的、肉红色的小手，抚摸这只巨兽的鬃毛，狮子则令人信赖地静卧一边，时时用眼角向它这位幼小的人类朋友，投去关爱的一瞥。

我是否应该告诉你，这些业已干涸、卵石四横的河道让我想起了什么？我们曾读过《森林中的小宝贝》那个英国民间故事，继母将姐弟俩赶到森林里，他们就在徘徊的路上留下痕迹——在走过的路上丢下石子。这些小河流就像在漂泊无依的大世界前行的路途上留下标记，这样可能在它们重返的时候，就不会迷失方向。但是对它们来说，却没有回头路可走。

那托尔
1892 年 12 月 2 日

孟加拉的日落时分，深情款款，祥和无际。在那一片开阔无垠的土地边缘，树木一直沿着地平线铺展开来。

多么迷人，却也多么伤感，夜幕已经下垂，和大地只在咫尺之间。太阳在它转身之后，留给地球一束令人依依惜别之光——这束光芒让我们品味着永恒离别[①]的神圣忧伤之味，品味着大辩无言，却静静沉思着地球、天空与海洋。

当我在全神贯注中一动不动地凝视着它时，我陷入了疑惑——如果某时沉默不再，如果那时要从时间的起始之处寻找某种表达，这一情况发生的话，这种深沉的庄严肃穆，会不会从地球到星空响起深切动人的运动乐音呢？

付出一点我们能做到的努力吧，坚定，集中，为了我们自己，来将这弥漫整个宇宙的光与色之间的巨大和谐，转化成音乐。我们需要做的仅仅是闭上眼睛，用我们的心灵之耳来聆听永远在全宇宙流转的共鸣。

然而，我会写这日落与日出，写多久呢？我每时每刻都感受到那种不断更新的活力；但是，我该怎样在我竭力表达时，去获得这种不断更新的活力呢？

---

① 意即本我与自我——上帝与创造。

谢里达
1892 年 12 月 9 日

一场痛苦的疾病之后，我感到虚弱和浑身无力，在这种状态下，大自然的服侍就分外贴心。我觉得我也像万物一般，懒洋洋地在太阳的照射下晾晒着我的喜悦，信札写作虽有进展，却心不在焉了。

宇宙对我来说时时都是新的；就像一位爱逾前世今生的故交，我们之间的友谊深厚而长久。

在过去的很多轮回里我已经清楚认识到，尚处于青春时代的地球在从海中沐浴出来时，就在默祷中向太阳致敬，我一定是从她新形成的土地上长出的一棵树，以原始冲动的全部活力喷薄着枝叶。

大海一直摇荡着，遮盖着，像一位溺爱得可笑的母亲，不断拍打着她新生的土地孩子；当时的我用我的全部存在来痛饮着阳光，因新生的不假思索的狂喜而在蓝天之下颤抖着，牢牢地抓住我的大地母亲，用我的全部根系吮吸着。在这种盲目的快乐中，我的叶片迸发、花蕾绽放；阴云密布的时候，他们那宜人的阴凉以轻柔的爱抚慰藉着我。

所以，生生世世，我都多样化地重生在地球上。所以每当我们面对面坐着，你单我只，各种远古的回忆都逐渐接连浮现在眼前。

我的地球妈妈今天在河边的玉米地坐着，披着她金色的阳光之衣；在她的脚边，膝前，腿旁，我四处打着滚，玩耍着。妈妈有一大伙孩子，在对她的声声呼唤中，她一直都在守望，却又时时缺席，她有着无尽的耐心，却又有着某种冷漠。她在那里坐着，神情超然地要抓住下午的天幕，我在一边不知疲倦地絮絮叨叨。

巴尔加
1893年2月　星期二

我再也不想流浪了。我一直渴望着有一个角落，筑一个贴心的巢穴，远离尘嚣。

印度人有着两面性——一面是做一名户主，一面却是四处流浪的苦行主义。前者拒绝挪窝半步，后者根本无家可言。我发现这两方面都存在于我。我想出去游荡，看看整个世界，然而我也期盼有一个栖身之所；就像鸟儿有一个巢穴栖身，也有整个天空来翱翔一样。

我向往着一个角落是因为它能带给我的心灵以安宁。我的心灵真的很想忙碌起来，但在企图这样做的过程中，它不断地冲撞人群，同时在我身上——它的笼子里，最终彻底迷狂而一直冲击着我。如果仅仅允许它有片刻从容的独处，四处环顾并思索一番心中所有，它就会表达出对自身的满意之感。

我的心灵躁动就因为独处的自由；这是与想象力一起单独相处，就像造物主在静静思索着他的创造物。

克塔克
1893年2月

直到我们有所成功，再让我们隐姓埋名地活着吧，我说。只配被人轻视的时候，凭什么要求获得尊重呢？当我们在这个世界上站稳脚跟，当我们参与推动世界进程，那时我们再相视而笑。在那时之前，让我们韬光养晦，致力于做我们自己的事情吧。

但是印度人看似总持相反立场。他们过度谦虚地称我们毫无家底，却能在幕后邂逅他们的私密欲求——他们全部的注意力都指向瞬间的装腔作势和炫耀。

我们真是一个被上帝遗弃的国度。太难了，真的，要让我们保持“行动”的力量。我们实质上得不到任何帮助。方圆一公里的人中，没有一个会与我们可能被其活力感染的人进行交谈。周围的人看起来也没有一个会思考一番、感受一番，抑或动作一番。也没有一个有过任何重大的奋斗经历，或有着真实、正确地生活过的灵魂。他们就是吃喝拉撒，活计不出办公室，抽烟睡觉，终日无味闲聊。碰触到感情就滋生着多愁善感，理性思维却幼稚如孩童。渴望着一个血气方刚、坚定果敢、精明能干的人；这些人都太阴暗飘忽，与世隔绝。

克塔克
1893 年 2 月 10 日

他是一个出脱得十足的“约翰牛[①]”，属于狂躁无畏的类型——一只巨大的鹰钩鼻，目光狡诈，下巴足有一码长。陪审团试图对我们的权利进行削减，此时政府正在考虑。那个家伙竖起耳朵直入主题，坚称要与我们的主持人，可怜的B君——巴布进行辩论。他说这个国家的人民其道德标准低下，并不真正信仰生命的神圣，所以不适合服务于陪审团。

我们所视为最彻底的蔑视，是在这些人被带到我家的时候，当时我看着他们接受一个孟加拉人的热情好客，一面却大放厥词，而没有丝毫愧疚之情。

晚餐之后，我在起居室的角落坐定，周围一切看起来都有点影影绰绰，模糊不清。我似乎就坐在我伟大而遭受凌辱的祖国母亲印度的旁边，她在我面前的尘土中躺着，郁郁不乐，光彩大失。我无法分辨是什么样的一种深重悲痛压迫着我的心灵。

那边几位着晚礼服的“洋太太”正用英语低声聊着，时时有一连串的笑声爆发，这一切看起来多么不协调啊！岁月沧桑的印度是多么的真实丰满，而英国晚宴上的空洞礼仪是多么廉价与虚伪！

① 英国人的绰号。——译者注

克塔克
1893 年 3 月

如果我们开始把很多要紧事都与英国人的喝彩相联系，就会去掉很多内在于我们的善良，并从他们那里接受很多邪恶。

我们将会因没穿袜子而羞愧不已，却不再因看到他们的球服而感到羞赧。再丢弃传统的生活方式我们会没有一丝内疚，更不要说模仿他们本无内涵的礼仪了。

我们会因为疑心它有待改进而停止再穿我们的“衫子”，但对我们的头向给他们的礼帽授首却不以为意，尽管没有什么帽饰比那更难看。

简而言之，不管有意识或无意识，我们都将会根据他们是否鼓掌，来裁切我们的生活。

因此我告诫自己道：“哦，陶罐！看在老天的份儿上远离那只铁罐吧！它无论是气势汹汹地来到你面前，还是仅仅屈尊俯就式地拍拍你的后背，任何一种情况下，你都会裂开。所以请记住先哲老伊索的忠告吧，我恳求你——保持距离吧。”

让铁罐去装饰富人的豪宅吧，你就为贫寒之家兢兢业业好了。如果你让自己碎了，你就无处可去，只能归于泥土；或者最好的是，作为一个古董，可能占据一个小摆设橱柜的一角，这也远远不及被那些平凡的村妇用来取水更荣耀一些呢。

谢里达
1893年5月8日

诗歌是我很长时期的旧爱——我肯定是在只有拉迪[①]那么大的时候，就已经跟她定了婚约。很久以前，池塘边上菩提树的深处，花园中心，房中的未知区域，外面的全部世界，童谣和女仆讲的传说，这些全都在我心里创造了一个神奇的仙境。很难对那一时期所有模糊和神秘的小幸福，做出较为清晰的描述，但有一点大致是确信的，就是我与“诗意想象”之间的互赠花环之礼[②]已经及时行过了。

尽管如此，我必须承认，我的订婚人不是一个吉祥的少女——无论她带来什么，可能都不会是好运。我不能说她从未赐予我快乐，但要心境平和地和她在一起是不可能的。她偏爱的爱人可能会让自己处于欣喜若狂中，然而在她冷酷无情的拥抱下他的心血都要被榨干绞尽。她所选中的那个不幸之人，任何时候都不会成为一个冷静清醒的家主，舒舒服服地在一定社会地位之上安闲高卧。

不管有意或是无意，我可能都会干很多本不正确的事情，但是我从来没有在我的诗歌中犯过一个彻底的错误——他就是我人生的最高真理寻找避难之所的神圣殿堂。

---

① 泰戈尔的儿子，时年五岁。

② 即婚礼。

谢里达
1893 年 5 月 10 日

又黑又重的大朵乌云向这里聚集；它们像一大块吸墨纸一样吸光了我面前的景色中的阳光。大雨必然行将来临。微风已经泪淋淋地吹来，潮意浓浓。

在那边，西姆拉被撕裂的天空顶端，你会发现很难准确地搞清楚，此处汇聚的云朵会有什么重要的事，但此处却有多少人眼巴巴地看向天空，高呼着雨点的到来。

我顿时生出了一种巨大的悲悯之情，为这些农人们——我们的佃户，这些上天的大孩子，稚嫩而无助，他们肯定是要往口中送点食粮，否则就会饿死。大地母亲的胸膛干瘪，他们茫然不知所措，因此只能哭喊。然而只要一吃饱了肚子，他们就会忘记曾遭受的种种苦痛。

我不知道作为社会主义理想的一种更平等的财富分配，是否可能实现，如果不能的话，老天的分配就实在太残酷了，人类真的是一个不幸的物种。因为如果苦难在这个世界必然存在，那么就安时处顺，但是请留下一线生机吧，或至少能让人窥见一丝希望，那样或许也能力促人类的高贵品格，为减缓苦难而不息地希冀与奋斗。

他们说着一些极其困难的事情，他们声称分配全世界的产品，让每个人有饭吃、有衣穿，这只是一个乌托邦的梦想。所有的社会问题都实在太冷酷无情了。命运允许人们只有一条让人可怜的寒碜床单，拉起它盖住世界的一角，那么其他部分就得裸露着。为减少贫困我们舍弃财富，为了财富那么世界的体面、美与力量就会舍弃我们。

太阳照常升起，尽管云层仍然在西边天空堆垛着。

谢里达
1893 年 5 月 11 日

在这里我有另一种快乐。有时候，我们淳朴、忠诚的老佃农会来看我——他们虔诚的敬意实在是从心而发，毫无造作。沉浸于他们美好的朴实无华与真诚敬意中的我，比我自己要伟大多少啊！如果我不值得他们崇敬——他们的这种情感也丝毫不会损失任何价值。

我以同样的喜爱孩子的感情来看待这些大孩子们——但也稍有差别。他们都更加天真些。小孩子以后都会长大，但这些大孩子永远不会。

透过他们那劳损的、满是皱纹的苍老身体，一个驯顺、明朗的质朴灵魂在散发着光芒。小孩子仅仅是单纯，却不是洞明事理，不是坚定地致力于此。如果人类的灵魂可以就任何潜在需求相互沟通，那么我真诚的祈祷就必然到达彼处并为之服务。

谢里达
1893年5月16日

午后沐浴完觉得洁净清新，就在河堤上散了一小时步。然后我跳进一只新划艇，在河中流停泊下来，接着就把搭在船尾的一块厚木板当床躺下来，我静静地在漆黑一片的夜中用背贴着它。小S君坐我边上闲聊着，镶嵌着星星的天空越来越厚了。

每天我都浮出这样的想法：在这星光灿烂的天空下，我会轮回重生吗？如此美好的夜晚，在这条平静的孟加拉河边，在世界上如此远僻的一个角落，那份平静的欣喜之情是否再次出现于我？

或许不会了。这副景象或许会改变；我或许会生就一种完全不同的思想。多少个这样的夜晚也许都会到来，如此令人依赖、如此可爱动人，但它们或许会果断拒绝依偎在我的胸膛。

说来真的很奇怪，我最大的恐惧是万一托生在欧洲！因为在那里，人们不能像这样在开放空间整个地躺下来，面对上空的无限——这样是要受惩罚的，我很怕我因躺下而彻底被归为这一类。我可能得在工厂、银行或议会卖命地挣钱。那里的人其心灵如同碎石铺就的拥挤不堪的道路一般——按照几何规则排列，永远保持干净规整。

我可以确定，我不能准确地说出，为什么懒散、爱幻想、耽溺于自我、心灵如天空般玄虚的状态对我来说更让人惬意自适。我觉得比起世界上那些最繁忙的人来说，像我这样在一艘划艇上躺着，并没有丝毫的差劲之处。比起那些古老的橡树街区的子弟，我可能任何时候看起来都虚弱无力，但是我宁愿费力地勒紧我的裤腰带。

谢里达
1893 年 7 月 3 日

昨天整个一晚上，风都像丧家之犬一样嚎着，雨一直倾泻个不停。田里的水猛涨许多，纷纷流向河里。被淋得湿透的佃农正划着渡船过河，有几个戴着斗笠[①]，还有的人手里举着薯蓣叶子。大点的货船驶过，掌舵的船夫浑身湿透地坐在那里，所有的船员都紧拽着拖曳的绳索穿行在雨中。鸟儿仍然沮丧地待在巢窠中，但是有几户人家的孩子开始动身了，尽管肯定满世界都是大雨。

两个牧童正在我船的前方放牛。牛们有滋有味地大口咀嚼着，鼻子伸到茂草中，尾巴不停地甩着驱赶蚊蝇。雨点和牧童的棍子都还无来由地在它们的背上持续不已，但它们都毫无怨言地以顺从来忍受，继续安稳地大口咀嚼，咀嚼，咀嚼。这些牛有着如此温和、深情而令人爱怜的眼眸；我真想知道，为什么上天会认为：这些壮大、驯服的牲畜的柔顺肩膀，正适宜利用来为人类的劳作进行负重呢？

河水每天都在涨高。昨天从舱面看见的，现在从舷窗中就能看见。每天早上我醒来后，都发现视野中的田地又开阔一截。不久前，过去常常只能看见远处村庄边像又黑又绿的云一般的三棵树的树冠，今天整个树林都清晰可见。

① 一种用草或竹笋壳做成的锥形帽子。

大地和水像两个害羞的恋人一样彼此逐渐靠近。他们害羞的顶点就快达到了——他们的胳膊已经相互圈着了对方的脖子。我且在这大雨滂沱中，沿着这条水量丰沛的河来欣赏我的旅程。我都等不及要命令解缆开船了。

谢里达
1893 年 7 月 4 日

早上，一缕阳光显现。昨天的雨终于歇下来了，但是云层在给天幕穿上短裙后依然重重围裹，让这间歇延续的希望是没多少了。天空看起来好像是厚厚的云毯，从这边铺到那边，让人难以展颜的风时时吹来，将云毯铺得更广些，把蓝天和金色阳光的每一处痕迹都遮盖起来。

今年天空的水汽肯定一直闲置存留着。河面都漫过了河心沙洲地[①]，威胁着要吞没那些未收割的作物。绝望中的可怜佃农们正忙着收割，再用船将那些半成熟的水稻束运回去。经过我的船屋时，我听到他们在哀叹自己的命运。很容易理解他们的心是怎样碎的，对这些靠耕种为生的人来说，一定要在成熟的最后时刻收割水稻，现在这样留给他们的唯一希望，就是可能有一些已经颗粒饱满。

上天在他的赐予中一定有着某些怜悯的成分，我们该怎样获取这一份额呢？然而，想要搞明白它从何而来实在是相当困难。这些成千上万的无辜生民，看起来并没有从何处得到上天的怜悯。大雨如竞技般泻下，河面依然在上涨，看起来来自任何居住区的祈求，都没有带来一丝安慰。但人们不得不说这是人类难以理解的现象，并以此寻求安慰。然而对

① 在沉积处敷上一层可耕种的土壤，再用旧沙岸围起来的田地。

于人类来说，要理解世上有着类似同情与正义之物的存在，乃是有着生死攸关的必要性。

尽管如此，这只是气话。理性告诉我们：造物从来都不会幸福到完美。只要它不完美，就必然得忍受缺陷和悲伤。只有它不再是造物才会完美，也只有上帝是这样。我们的祝福敢走得这么远吗？

我们对此思索得越多，就越能够常常回到起点——造物为什么是这样？如果我们不能整合我们的思想来反对事物本身，而来抱怨它的衍生物——悲伤，就是懦弱无能的。

沙扎德普
1893 年 7 月 7 日

村庄的生活节奏一点都不快，但也不会停滞。工作和休息手拉手结伴而行。渡船摆过来，摆过去，打着伞的路人沿着曳船道赶路，女人们正在拿竹篾编成的竹盘浸到水里淘米，农人们的头上顶着麻袋来市场赶集。两个男的正在砍树，发出规则的声音。村里的木匠正在一棵树下修理一只向上翻起的小艇。一条混血的狗沿着运河堤岸漫无目标地乱吠着。几头牛在饱餐了一顿青草大餐后卧在那里反刍，懒洋洋地将耳朵前后扇动着，甩着尾巴赶蚊虻，偶尔当乌鸦在它们的背上肆无忌惮的时候，也会很不耐烦地甩一下头。

单调的斧头伐木声或木匠的敲打声，船桨划水声，浑身精光的孩子玩耍时欢快的叫声，佃农们唱着哀怨曲调的歌声，还有更占主流的机动磨盘转动的嘎吱嘎吱声，以及喃喃自语的树叶声和鸟儿的歌声，所有这一切活动的声音看起来都如此和谐，共同组成了一首梦幻大乐团的动人旋律，演奏出哀而不伤的绝妙曲调。

沙扎德普
1893 年 7 月 10 日

关于正在进行的“无言之诗歌”的讨论，我想说的一切就是，尽管情感的力量可能对于沉默者来说，正如对于歌唱者来说是一样的，然而这对于诗歌来说无济于事。诗歌不是关于情感的问题，它是形式的创造。

在诗歌中，思想借助某些隐蔽而微妙的创作技巧来呈现。这种创造力就是诗歌的源泉。认知、情感或语言，都只是素材。人可能天生就是有感情的，其次是会讲语言的，第三是两者都具备；但是只有那位拥有创造天赋的人，只有这样的人才是一位诗人。

帕提萨
1893年8月13日

穿过那些“洼泽[①]”向着迦里格拉姆走去的时候，脑海里有了一个主意。并不是说这个想法很新颖，而是旧想法有时候也能以新的力量打动人。

水被堤岸囚禁起来的时候就会失去它的美，只剩下单调的白茫茫四处漫溢。就语言的情况来看，韵律就是堤岸，赋予其形式、美与个性。正如堤岸塑造着每一条河流独特的个性特征，韵律也让每一首诗歌成为个性创造物；散文就如同无特色的非个体化“洼泽”。河水可以再次奔流向前，而这些“洼泽”却只一味扩张来吞没村庄。所以，为了赋予语言以力量，将韵律限制窄化就变得必要，否则它就会不断铺衍而不去前行。

村里的人将这些“洼泽”叫作“哑水”——因为它们没有声响，没有自我表达。河流可以不断潺潺作响；所以诗的

---

① 有时水流在穿过孟加拉平原的时候，会在低地潴留起来，进而扩大成一汪水面，被称为“洼泽”。其水面面积不确定，旱季时有一个池塘大小，雨季时也会无边无际。

多屋丛组成的村庄都建在土丘上，像小岛一样处处耸出。船只或者其他一些圆状泥行橇是村村之间通行的唯一工具。

耕地上生长着水稻，水相当深。船从水上驶过的时候，稻田成为一大奇观，因为水很清澈。在其他一些地方，这些“洼泽”还会有睡莲、鸢尾及各式各样的水禽等动植物群落。总之，它们既不像沼泽也不像湖泊，而是有着自己的独特性。

字眼也会歌唱，它们不是“哑字”。所以约束可以创造形式的美、流动的美、音乐的美；限制不仅产生美，也产生力量。

诗歌使自己受制于韵律，不是出于盲目的习惯，而是因为这样它能够发现悦动。愚蠢的人会认为韵律是口头的体育运动或字面上的戏法，这样做的目的就是为了获得人群的夸赞。但并不是这样。韵律的诞生就像宇宙中产生美一样。在明确设置的界限之内，词句的流动会产生韵律般的诗之力量，来让人类的心灵动起来，然而含糊不清、界限不明的散文则不能。

这种想法在我从河流到“洼泽”再从“洼泽”到江河的过程中，逐渐变得清晰起来。

帕提萨

1893年斯特拉文月（8月）26日

我觉得男人只是粗粗敲打成而女人是精雕细刻的，这种想法有时常会冒出来。

在礼仪、习性、谈吐与打扮等方面，女性有着完整的连续性。原因就在于世世代代以来，大自然都指派给女性确定的同一角色，并一直让她们适应着。大灾难、政治革命、社会理想的变更，这些都不足以让女性偏离她们特定的作用，更不要说破坏她们的内部关系了。她们爱着、照顾着、爱抚着，其他什么都不做；她们可以掌握十分精巧的技艺，终其一生都精湛于此道。她们的性情与行动密不可分，如同花儿和它的芬芳一样。所以，她们或者果断，或者犹豫。

但是男人的性格总是有很多空洞和疙瘩；每一种变化的环境和力量都会促成那些的形成，并在他们身上留下烙印。这也就是为什么这个人以暧昧而宽阔的脑门为特征，那个人长着毫不负责的高耸鼻梁，另一个人又有着莫名其妙的僵硬下巴。男人们得益于目标的前后一致和整齐划一，所以大自然就会精心设计确定的模子给他们每个人，让他们单纯而自然地发挥着作用，不用劳神费力。男人没有复杂的行为规则，因此当外界影响干扰时不易于偏离常轨。

女人是用母亲的模型造出来的。男人的人生中没有这种原始的胎记，这也就是为什么男人不能上升到等同的美之极致。

帕提萨
1894 年 2 月 19 日

我们有两头大象在河岸上吃草。它们对我大感兴趣。它们的一只脚轻轻踩着地，然后用它们的象鼻管卷起巨大的一片草皮，连根带泥地卷起来。有一只摇摇摆摆地摆弄着草皮，直到泥土从草根上掉下来，才放到嘴里大嚼起来。

有时候它们突发奇想，将一些泥土吸到鼻中，然后再“哼”一声喷到全身；这就是它们的象式打扮。

我喜欢看这种体型巨大的动物，它们的庞大身躯，威猛的力量，不协调的比例，还有他们毫无恶意的温顺。它们的体格和笨拙让我对他们充满某种柔情——笨重的身形总有着某些稚嫩之处。而且，它们还有很宽广的心。当它们野性起来也会狂躁兴奋，但镇定下来之后还是很平和的。

笨拙和巨大相生相伴却不相斥，而且还相吸呢！

帕提萨

1894年2月27日

天空时刻都阴晴不定。突如其来的一阵风，吹得小船的那些缝子吱呀作响，一个个哀叹着。日子就这样缓缓流逝。

此时已经过了上午一点。我沉浸在乡村的午后时光中，伴着那些各异的声音——嘎嘎叫着的鸭声，船行过处的水涡声，浆洗衣服的水花声，将牲口赶过浅滩的吆喝声——真的很难想象这种桌椅板凳般的单调而略带哀伤的加尔各答日常生活。

加尔各答就像政府公务一样中规中矩。每天到来的日子就像造币厂的硬币一样，轮廓鲜明，干净锃亮。唉！这种沉闷的死一般的日子，每天的重量都不差分毫，如此体面得让人敬重。

在这里，我辞谢了一应交往之请，不再觉得像一台紧张的机器。每一天都由自己支配。有了闲暇，去田野上散步的时候，各种想法就会冲破时空的限制而无拘无束。夜幕落在大地上、天空中、水面上，逐渐深沉起来，我一边漫步一边低头想着。

帕提萨
1894年3月22日

坐在舷窗边上，我看着外面的河，冷不防一只长相奇特的鸟正穿过河面，向对岸飞去，后面便起了一阵小骚动。我看清这是一只家禽，它试图跳到船外，逃离被送进船上厨房的紧迫厄运，现在火急火燎的挣扎终于成功。当它尖利的爪子合上时它差不多就登岸了，但还是被提着脖子捉了回去。我就去告诉厨师，晚餐我什么肉都不想吃。

我必须戒吃动物性食物。我们吞食动物的肉，只因为不觉得我们所做的是残忍和罪恶的事。有很多罪都是人类自己创造出来的，其不正当性却归因于习惯、风俗或传统的差异。然而残忍不归于此列。残忍是最根本的罪恶，不容许有丝毫争辩或认为它有好的差异。只要我们不让自己的心变得冷酷无情，反残忍的抗议之声就会一直洪亮；然而我们还继续很轻易、很愉快地犯下残忍之罪，我们所有人——事实上，每一个未加入抗议的人都可以被称作非正常者。

我们对罪恶的理解是多么虚伪啊！我觉得至上的律法就是同情一切有情众生。爱是一切宗教的基础。有一天，我看到一篇英国文章说：有五万磅动物的肉被送往驻扎非洲的军队，但是在到达的时候发现肉已经腐败变质了，运送的肉又运回来，最终在朴次茅斯只拍卖出去了几磅。这是多么让人震惊的对生命的浪费啊！有多少鲜活的生命被宰杀，只为给晚宴的佳肴增色，而绝大部分的肢体根本连餐桌都碰不到！

只要我们没有意识到我们的残忍，我们可能就不会觉得羞耻。但是假如在我们的怜悯之心被唤醒以后，我们还是坚持单纯地节制我们的感情，而加入到捕食动物的行列，这就是在侮辱本性善良的我们。我决定努力做一名素食主义者。

帕提萨
1894 年 3 月 28 日

这里已经相当暖和了，但是我对阳光的温暖并不太介意。暖融融的风打着口哨吹拂着，不时打着旋涡逗留一番，然后披着她那尘土细沙、落叶枯枝的纱裙，跳一阵起劲的回旋舞走了。

虽然如此，早上还是有些冷的——几乎都像一个冬日天气的早晨了，事实上，我并没有对洗浴感到热情高涨。对这个叫作“大自然”的庞然大物，要解释清楚它真的发生着什么实在很困难。某个未知角落出现的模糊原因，也会让局势突然发生彻底的转变。

人类的思维同外界的大自然一样，以略带神秘的相同倾向在运行——昨天这个想法就涌上心头。一场神奇的炼金术正在血管、经脉和神经中，在大脑和骨髓中炼制着。血液奔涌着，神经轻颤着，心肌起伏着，人体自身的四季流转着。什么样的风会在下一刻吹起，什么时候以及从哪里开始——关于这些我们一无所知。

某一天我确定我会进展得很顺利；我觉得我有足够的力量，超越宇宙中一切阻碍性的悲伤与考验；然后，好像我已经把余生中的事都打印成了一张规划表，将它折叠起来，再安全地放进兜里，真觉得轻松自如。第二天，一阵令人不快的风袭来，从某些未知的“无明”而起，天空也威势骇人，我开始怀疑自己能否挺过暴风雨的考验。仅仅是因为某处血管或神经纤维出了问题，我所有的努力和智慧都一败涂地。

这种内在的神秘让我恐惧。它让我对说出该做什么或不该做什么时缺乏自信。为什么这一点会黏附着我——这种深邃的神秘之处我既不能理解，也无法控制？我不知道它会将我带向哪里，抑或我将它带到哪里。我也不能预见将会发生什么，更不要说探询会发生什么事，然而，我不得不保持着主人的姿态，假装是那个主宰者……

我觉得自己就像一架活钢琴，其机械装置极其复杂，还通以各种线路，但是丝毫不知谁是弹奏者，而且也只能猜测弹奏者为什么如此弹奏。我只知道正在弹奏着什么，曲风是快乐还是忧伤，音符在什么时候高还是低，曲调是入时还是过时，应该摁高音还是低音键。但是，甚至是这些我也真的知道吗？

帕提萨
1894 年 3 月 30 日

有时候，我认识到人生的路还很漫长，因此遭逢许多伤心事也在所难免，这就需要一种至高的修持来保持心灵的力量。有些晚上，我独自坐着，凝视着桌上油灯的火苗，发誓自己要以一个勇者应有的样子而活——不为所动、沉默寡言、毫无怨意。这份坚决让我自信满满，那一刻我误以为自己是一个非常非常勇敢的人。但是只要路上的刺扎脚，我就疼得扭曲起来，开始认真地觉得前途疑虑重重。人生的道路看起来再次漫长不堪，我都有些力量不支了。

但是这最后一点并不是真的，因为小刺是最难以忍受的东西。料理心灵的家务是一件节俭的事，只有这样，才能在必要处下大力气。不在琐事上滥用心思，要以吝啬般的严格来积攒力量之财富，才会具备真正的镇定。所以对一些微不足道的哀伤，怎样哭泣涕零都不足以唤起同情的回应。但是当极深的悲痛发生，修持就应当不遗余力。接下来，表层外壳被刺穿，安慰就会喷涌而出，所有忍耐和勇气的力量就会同时到来做它们该做的事。所以，巨大的苦难就能带来巨大的忍耐之力。

人类的天性一方面是有追求快乐的欲望——另一方面是有自我牺牲的愿望。前者遭受挫折后，后者就会获得力量，以此寻找更充实的境界，让更深广的热情充实灵魂。所以，我们在一些细小的担忧面前懦弱胆怯，大的哀痛就会唤起我们真正的男子汉气概而勇敢无畏。所以，在这种情况之下，也存在某种快乐。

所以，乐在苦中并不是一个空洞的悖论，正是因此，说高兴中也有不满也是对的。为什么会是这样，实在令人费解啊。

谢里达
1894 年 6 月 24 日

我在这里只待了四天，却失去了大量时光，但它们看起来是如此漫长，都让我觉得如果今天重返加尔各答，我都能找到这些业已改变的时刻——仿佛我独自静静站在那里，身外是时间之流，浑然不知世界其他地方逐渐发生的变化。

事情就是，在这里，我远离加尔各答，只活在自己的内部世界，在那里表盘不用按照正常时间运转，在那里时间的持续只用情感的强弱度来衡量，在那里片刻成了数小时而数小时成了片刻，不像外部世界用分钟来计时。所以在我看来，似乎被细细分割的时空都成了精神幻象。每一个原子都是不可测度的，每一个时刻都是无限的。

在我的童年时代，我读过一则将我强烈吸引的波斯故事——甚至那时候我觉得我可以理解它某些隐含的思想，尽管我还只是一个小孩。为了展示时间的虚幻特征，一个“托钵僧”放了一些有魔力的水在浴桶里，请国王进去沐浴。国王的头一浸下去，就发现自己处在一个海边的陌生国家，他在那里逗留了很久，发生了很多事情。他在那儿结婚生子，后来妻儿去世，自己也家财丧尽，就在他因这些苦难而痛苦之时，突然发现自己又回到了那间浴室，四周环伺着他的侍从。当他接下来因自己的悲惨遭遇斥责“托钵僧”时，他们说：“但是陛下，您只是仅仅将头浸了下去，然后就冒出来了啊！”

我们悲欢离合的整个一生，也以同样的方式封存在片刻的时间中。尽管在它持续的时候我们觉得很漫长很真切，只要我们停止将头浸在世界这只大浴桶中，就会发现这一切多么像一场轻微而短暂的梦啊……

谢里达
1894 年 8 月 9 日

今天，我看见一只死去的鸟，漂浮着顺流而下。它的生命史或许很容易推测。在村边的某棵杧果树上，它筑了一个巢。晚上归巢后，它和自己的爱侣相互偎依着柔软的羽毛，歇歇那疲倦的小身躯，安然入眠。夜晚，突如其来地，强势有力的帕德玛河轻轻靠近了它们的爱巢，杧果树根部的泥土渐渐被冲走。这个小生灵在失去它的爱巢的那一瞬惊醒后，就永远一睡不醒了。

当我面对着毁灭一切的大自然那令人敬畏的神秘时，我与其他有情众生的区别看起来如此微小。在城里，人类社会高居首位，赫然凸显；但对于其他生命的苦乐，比起人类自己的来说，又是那么残忍般的冷酷无情。

在欧洲，人类也是如此复杂和居于主导，动物对他们来说仅仅是动物而已。而对于印度人来说，灵魂从动物转为人以及从人转为动物的轮回转世思想，看起来并不陌生，所以在我们的经文中，慈悲一切有情众生并没有作为一种情感的夸张形式而被禁绝。

当我在乡村里与大自然有了密切接触时，我身上的印度人本性宣称着自己的存在，因此我也不再对周围生命的快乐保持一种冷淡的漠然态度了，这个生命曾在一只孤单微弱的小鸟绒毛覆盖下的柔软胸膛中跳动着。

谢里达
1894年8月10日

昨天晚上，一阵急流的水声惊醒了我——河水突然而来的一阵猛烈骚动——可能是洪水猛灌所致：这是这个季节常有的事情。一个人的脚还搭在船的铺板上，突然因脚下活动的各种劲头惊醒。起了一阵轻微的震颤，还有几分颠簸、些许晃动，所有这一切都将我和水流的脉搏相联系。

夜里肯定有某种突然的刺激，使得水流疾驰而来。我坐起来，挨着窗户张望。一片朦胧的光使得那发狂的河流看起来，比任何时候都更加疯狂。天空被云彩染上污痕。一颗巨大的星星的倒影在水中颤动成一条线，如同一道灼热的苦痛伤口。两边的河岸也睡意蒙眬，一片模糊，夹着这条在无眠中不安、不计后果只顾狂奔的疯狂河流。

在午夜看到像这样的一幅景象，让人觉得完全成了另一个人，白天的生活也成梦幻。接着早晨再次到来，午夜的世界消逝为梦境，再烟消云散。两个世界如此迥异，但又都如此真实。

白天世界在我看来就如同欧洲音乐——它的和谐音与不和谐音，全都在和声的更大进程中相互融合；黑夜世界就像印度音乐——圣洁而毫无束缚的旋律，庄严而哀婉动人。如果比较的特色是如此鲜明，那么这两种都打动着我。这种对立原则植根于造物深处，在国王和王后、昼和夜、一与多、永恒与变化等之间的统治中一分为二。

印度人就在夜的统治之下。我们专注于永恒，专注于一。我们的曲调只能独唱，并唱给自己，这些旋律带我们逃脱日常世界，到一个孤独避世之处。欧洲音乐是为大众演奏的，伴着音乐他们翩翩起舞，穿梭在人生苦乐的起伏上下中。

谢里达
1894年8月13日

无论我真正所思、所感、所认识的是什么，其必然的结局就是寻求真实的表达。某种内在于我的力量不断向着终点推进，但它又不单单为我所有——它充盈于宇宙。当这种普遍的力在个体中显现的时候，就会超越此人的控制，根据该力量自有的本性来行动；这种力量环绕着我们的生活周围，就成了我们最大的喜乐。它不仅赋予我们表达，也赋予我们对外部的敏感与爱；使得我们的感情时刻清新，充满惊奇。

当我的小女儿让我开心时，她就融入了宇宙间喜乐的起源性奥秘中；因此我的爱抚就如同膜拜顶礼一般被唤起。可以确信，我们所有的爱都只是对“大奥秘”的顶礼膜拜，只是我们无意识地践行着。否则的话，爱就毫无意义。如同万有引力以同样的方式，支配着世间一切或大或小的物体一样，这种普遍的喜乐是通过我们的内部世界来发挥它的引力，当我们以片面的观点看待它的时候，就会让我们的理解力受挫。对于为什么会在人和大自然当中，发现这种喜乐的唯一理性解释，就是《奥义书》中所说的：

因为一切创造之物都出于喜乐。

谢里达
1894 年 8 月 19 日

吠檀多哲学看似帮助很多人从对宇宙和第一因的怀疑中将心灵解脱出来，然而我的疑窦依然无法消除。吠檀多比其他大部分理论都简易这是真的。造物与创造者的问题却远比初看之下所呈现的要复杂很多，然而吠檀多肯定是通过斩断“戈尔迪之结[1]”，舍弃了造物这一面而将其简化了一半。

只有大梵天，除此之外我们仅能想象我们的存在——人类的心灵应当怎样为这一思想寻找空间，这实在很奇妙。然而更奇妙的是，这种思想并不像它所说的那样是前后不一，其实真正的困难，不如说在于证明任何事物确实存在。

无论如何，现在月亮初升，我伸展四肢躺在上部的甲板上，微风让我为各种问题苦恼的头脑清凉下来，大地、水面、四围的天空、河水轻柔的涟漪，沿小路走着的平凡旅人，偶尔划过的小艇，横贯田野的树木，朦胧的月光，远处正被左近小树林暗影围裹着已入睡的村庄——真的，这一切看上去只是“摩耶”的幻象。然而它们又确实都比真相本身，更牢地依附和牵引着人的头脑与心灵。它是一种抽象物，因此要认识到使某人从中解脱能得到何种拯救，就变得不可能了。

---

① 即快刀斩乱麻之意。——译者注

沙扎德普
1894年9月5日

我意识到自己变得多么渴望一片空间，然后将自己整个地充盈其中，在那里我作为唯一的王主宰着我的国家，敞开所有的门窗。在这里，写作的欲望和力量就是我的王国，没有其他地方能够像这样。外部生活的刺激像绿浪一样涌向我，还有它的光彩、它的芬芳、它的声响，全都让我的想象力亢奋起来，化成故事的书写。

下午有一种自有的独特魅力。太阳那绚丽的光，那种静穆，那份孤独，鸟儿的呼喊，尤其是乌鸦的啼叫声以及那愉悦、宁静的安适——这些全都密谋着要将我迷失陶醉。

这样的午后就像到了《天方夜谭》的世界中——身处大马士革、布哈拉、撒马尔罕，还有他们的沙漠之路、鱼贯而行的驼队、流浪的骑兵，晶莹的泉水在羽毛般的枣椰林的树荫下喷涌；还有那开满玫瑰的荒野，夜莺的歌声，设拉子美酒；他们狭长的集市道路两边都悬着明亮的帐篷，男人们穿着宽大的长袍，戴着斑斓多彩的头巾，叫卖着海枣、坚果和各种瓜类；他们的宫殿芳香宜人，窗台边上是铺着宽阔、奢华的金考布锦[①]长沙发椅和靠垫；他们的卓比蒂娅、阿米娜或苏菲亚，都穿着华丽装饰的上衣、宽大的裤子、绣金线的拖鞋，长长的水烟管盘在脚下，穿着瑰丽宫衣的宦官在旁守卫——以及那个遥远而神秘的世界中，所有一切可能与不可能的人类事迹和欲望的传说、欢笑与哀号。

① 织入金银丝的印度织锦。——译者注

去往狄伽帕提亚的路上
1894 年 9 月 20 日

几棵大树在洪水中挺立着，水已经漫过了树干的大部分，枝叶都弓在水中。阴凉的杧果和菩提树林下系着几条船，还有人在树后挡起来冲着澡。到处是屋舍，挺立在水流中，院子已经被水淹了。

我的船在一片“沙沙”声中穿过还挺立着的庄稼地，然后又划过一个睡莲丛生表明是池塘的地方，水中还有水鸟在捕鱼。

水漫溢到每一处可能的地方。以前从未见过陆地如此全面溃败过。水再高一点儿就刚好进屋了，那样居民们就不得不栖息在搭起的台子上了。要是牛一直像这样站在没膝深的水里，那他们就只有死路一条了。所有的蛇都被洪水灌出洞来，纷纷与其他那些无家可归的爬行动物及昆虫们还有人类，一起逃到茅草屋顶上避难。

深深眷恋故土、未被冲走的蔬菜都腐烂了，赤裸身体的光溜溜的小孩，四肢干瘪，到处乱撒着火气，饱经忧患却依然耐心的家庭主妇们在风雨中穿着湿衣服，卷起裙衫跋涉着去做日常的活计，浓黑的一大群蚊子盘旋在一处气味恶劣的地方，活像一件棺衣——这景象很难让人舒心啊！

每家每户都有人湿热感冒或风湿，被疟疾折磨的婴儿哭个不停——什么都救不了他们了。人类在这样一个招人嫌弃、没有健康、肮脏污秽的被遗弃的环境生活，这怎么可能呢？事实就是我们已经习惯了去忍受触手可得的一切——大自然毁灭之后的残迹、统治者的压迫、印度教圣典要求我们一个字都不能说的压制，然而这种折磨还将永久持续下去。

去波利亚的路上
1894 年 9 月 22 日

有人曾提醒我，我的人生中还有三十二个秋天可以度过，我总觉得奇怪；因为我的记忆似乎能够回归到远古时代以来的混沌时期；当我的内在世界布满光明的时候，就如同万里无云的秋日凌晨，觉得自己正安坐在某个神奇宫殿的窗边，出神地凝望着遥远的记忆深处之物，凉风里满是过去岁月的微香，吹拂着让我平静下来。

歌德在病床上最需要的是“更多光明”。如果我在那一时刻，还有什么遗留的愿望的话，那么能有“更多空间”就好；因为我深爱着空间与光明。很多人只将孟加拉贬低为一个土地平坦的国家，但正是这一点，让我在凭空眺望时一直更为心醉。一无阻碍的天空遍布每个角落，好似一只紫晶的酒杯，斟满徐徐上升的黎明和傍晚的祥和，一直溢到杯沿；正午时期那安谧、宁静的金色裙纱，也毫无阻碍地铺满杯底。

哪里还有另一个这样的国家，能让人放眼四眺、开怀悦纳呢？

加尔各答

1894年10月5日

明天就是杜尔迦节。昨天我去S君那里的路上，曾注意到几乎每个大房子里都在做神像。突然想到在接下来大节的几天里，青壮老年都会变成少年孩童。

仔细想来，所有对于乐趣的准备活动本身并无足轻重，不过是和玩具一起玩。从外部看来，可能只是闲得浪费，但这遍及全国上下所掀起的一股情感浪潮，难道就能被称为“微不足道”吗？即使最精于世故的人，他们的内心深处也会因这种无所不及的情感激流所打动，而从自我中心的利益中走出来。

所以，每一年都会有这样的一段时期，那时候有的心灵都被融化在一种情绪中，这时就宜于仁爱、恋慕和同情等的喷涌。迎神曲和送神曲、爱人的相会、喜庆曲调、静穆的天空和熔金般的秋天，所有这一切组成一首伟大的快乐赞歌。

单纯的快乐是孩子的快乐。他们有力量来用一切不起眼的东西创造自己的兴趣世界，最丑陋的洋娃娃也能因他们的想象力美丽绝伦，并与他们一生相伴。能将这份创造乐趣的天赋保留到长大之后的人，就真的是一位纯粹的理想主义者。对这样的人来说，万物不仅是眼可看、耳以听，而且心可感，万物的瑕疵与缺陷都在此人自我提供的欢喜乐章中失去了。

每个人都不希望成为一个理想主义者，但是全部人群在节日的这段时期中，却最为接近这种幸福的状态。所以，通常表现出的可能就是，一个玩具不仅仅是一个玩具，它会因理想的照耀而光彩不已。

波尔普
1894 年 10 月 19 日

我们对人的理解只能是一个点状轮廓，也就是说，即使尽最大所能，我们对自己的认识也存在差距。所以，即使我们很了解的东西，其实大部分也都由想象组成。有时候，因导向性的点失去，线条就会残缺不全，则导致画面的某部分模糊不清、捉摸不定。所以，如果我们最好的朋友也只是用想象力的线串起来的破碎轮廓，那么我们真的还会说了解他人吗？或者除了以同样的支离方式外，会有人了解我们吗？但可能正是这些漏洞，给我们提供了进入对方想象的入口，这才产生了亲密；否则如果一个人要保护自己的个体性不受染污，可能他就除了心灵居住者外，不会靠近一切。

我们自己也是这样，只能一点点了解自己，然后再用这一点点素材塑造我们人生故事中的主人公——这同样也需要自己想象力的帮助。无疑，上帝有意省略这些部分，只为了让我们可以促进对自我的创造。

波尔普
1894 年 10 月 31 日

第一股北风今天开始吹起了，寒意陡生。好像税吏到“甘余[1]”树林中探视过一样——一切都在正常之外，叹息着，颤抖着，垂头丧气着。鸽子在杧果树顶部的浓荫中单调地咕咕叫着，正午的阳光倦怠而冷漠，看似要用某种痛苦来遮住白天这副昏昏欲睡的景象，因为那近在咫尺的分离。

桌上的闹钟滴答滴答，松鼠在我的屋中跳出跳进簌簌作响，和正午的其他一切声音和谐交融在一起。

我顿时来了兴致，来看看这些柔软多毛、灰白色带黑条纹的小松鼠，还有它们那浓密的大尾巴，它们玻璃珠一样闪亮的眼睛，它们温和却繁忙的现实生活行动。所有可吃的东西都收在墙角的纱橱里，安全地远离着这些贪婪的小家伙们。所以，它们以一种抑制不住的渴望嗅来嗅去，鼻子围着纱橱转个不停，企图找个孔钻进去。如果有饭粒或面包屑掉在橱外，它们肯定能发现，并且用前爪将食物捧在中间，很起劲地一点点咬着，还转来转去地调整着，以适应它们的嘴。一听到我哪怕很细微的行动，它们就会把尾巴上扬，甩到背后接着跑掉，只是又在半路停下来，就着门垫坐在尾巴上，用后爪挠挠耳朵，然后又返回来。

所以，轻微的声响一天都在持续——牙齿不断的咬合声，蹦蹦跳跳的脚步声，还有架子上那些瓷器的叮当声。

---

① 即印度醋栗，又称余甘。——译者注

谢里达

1894年12月7日

我在月光下的沙滩上徜徉时，S君通常会因买卖上的事过来聊聊。

昨天晚上他来了；在谈话结束后，当时我陷入了沉默，又意识到了永恒的宇宙，正在夜色中矗立于我的面前。和人琐碎的谈话足以妨碍于一切中显现的永恒宇宙的来临。

只要话音到了尾声，众星的祥和就会出现，充盈在我的心间直到流溢。我发现我的座位在一个角落，和数百万颗聚集起来的闪光魔球们一起，待在存在之伟大而神秘的教团中。

晚上我不得不早点开始，因为S君会询问：例如我对牛奶是否满意，对年度报告是否已经审核完毕之类，我要赶在S君和他那聒噪询问之前让我的心灵能吸纳外部的安宁。

在永恒与短暂之间，我们被放置在一个多么神奇的地方啊！当心灵安住在精神之物时，像肚子咕咕响这种事情的暗示，多么令人绝望的不和谐——然而灵魂和肚子是如此长久地共处着。月光照耀着的是我的田产，这是千真万确的，但月光告诉我，我的“柴明达里[①]”是一个幻象，但我的“柴明达里”告诉我：月光是彻底的空无。然而对于可怜的我，却被弄得无所适从。

① 印度地主拥有的土地管辖制度。——译者注

谢里达
1895 年 2 月 23 日

在我试图给《实践》杂志写文章时，却越来越心不在焉。

每条船经过时我都抬眼去看，一直盯着渡船来来往往。然后又将目光转向岸上，在我的船附近，有一群水牛正把它们宽大的鼻子伸进牧草，用舌头卷起它们再送进嘴里，然后用力咀嚼着，一边满意地喘着粗气，一边用尾巴拍走背上的各种蚊蝇。

突如其来的是，一个赤裸着身子的羸弱少年出现在视线中，他嘴里发出各种声响，拿一根短棍戳着其中一头耐心的牲畜，而它只偶然用眼角对这个人类小朋友瞥上一眼，咬嚼着路边丛生的一簇簇的草，这个不气不恼的牲畜悠闲地往前走几步，那个小淘气看似就觉得自己作为牧人的责任已经尽到了。

我猜不透这个牧童心里的种种奥秘。不论什么时候，一头奶牛或水牛选了它喜欢的地方，安闲地吃着草，这时我就不明白，他打的什么主意去担忧，但这牧童非要一意孤行，直到将它们赶到别处为止。我猜这是人类在驯服这些强大的动物后炫耀对它的主宰权。但不管怎样，我喜欢看那些水牛待在茂草里。

但这不是我一开始想说的话。我是想告诉你，最近的一些琐事是怎样将我对《实践》杂志的责任心分散的。在上一封信[1]里，我曾告诉过你一些蜜蜂，它们为着没有结果的追求，应和着无意义的嗡嗡声，不知疲倦地围着我盘旋。

每天早上大约九十点的样子它们就来了，朝饭桌箭一般冲过去，迅疾转到书桌下，撞在窗台的有色玻璃上，在我头上绕一两圈，然后又嗡嗡地飞走了。

我很容易认为它们是已离开这个令人不满的世界那些死者的鬼魂，化身成蜜蜂一再回来，路过的时候对我作一次问候性的拜访。但我并没有往这方面想，我确信它们是真的蜜蜂，在梵语中，已知的是所谓的吸蜜者，或者更罕见的是叫作双须类（的蜜蜂）。

① 该选集未收入。

谢里达
1895年2月（法尔冈月）16日

在我们继续生活的过程中，每时每刻都得脚踏实地，但要组合为一个整体却是小事一桩，两个小时不间断的思索就能掌握。

雪莱勤奋的三十年人生所提供的素材只能写两册书的传记，而且相当一部分是道登的杂谈。我人生的三十年恐怕连一卷也填不满。

对于这渺小的生命，我们是多么大惊小怪啊！想想仅仅为了供给粮食，需要多大的土地、多少的贸易和商务，想想全世界每个人所占的空间，尽管一张椅子就大到足以把他整个装下！然而等到一切结束，剩下的只有思索两小时的材料和几页文章！

寥寥数页是多么微不足道的一小部分啊，这不过是我人生中懒散一天的工作而已！可是，这平静河水旁的荒凉沙洲上这样安宁的一天，难道不会在我永恒的过去与未来的卷轴上，多少留下一个小而独特的金色标记吗？

谢里达
1895年2月28日

今天，我收到了一封信，信是这样开头的：

放弃自我而拜倒在他人脚下，
是最真实的献礼。

写信之人从未见过我，但从我的作品得知我，因此继续说道：

无论距离多么遥远或渺小，太阳[①]的崇拜者总能得到太阳的一束光辉。您是世界的诗人，但对我来说似乎您是属于我的诗人！

另外还有很多同一类型的话。

人是多么迫切地想将自己的爱安放在对象之上，这样他最终爱上的就是他自己的“理想”了。但是我们为什么会认为思想比现实更不真实呢？通过感官所获得的物质背后潜在的真相，我们从来都不确定。那为什么对于大脑的创造物——思想，其背后的实体的疑惑，就要更大些呢？

母亲在孩子身上实现了伟大的“理念”，这一“理念”内在于每个孩子，然而它难以言喻的特性，却不能为他人所揭示。难道我们可以说，那牵动母亲的生命和灵魂的东西是虚幻的，而没能把我们其余的人牵引到同一程度的东西，就是

① 罗宾，作者的姓名，意为“太阳”。

真正的真相么?

每一个人都值得承受无限的爱——他的灵魂之美明白无限……但是我这么说失于宽泛。我想表达的是,从某种意义上说,我没有权利接受这位崇拜者献给我的心;也就是说,看过我日常情形的话,这个人是绝不会有这些情感的。但从另一种意义上来说,我值得接受这一切,甚至更高的崇拜。

去帕布纳的路上
1895 年 7 月 9 日

我正在小伊茶马缇上泛舟而行，这条小河雨季才会出现。河两岸的一排排村舍、一片片黄麻和甘蔗田、一块块芦苇地和绿草如茵的浴坡，使得这小河如同几行诗句，时常被人吟诵并为人喜爱。人们不能熟记像帕德玛那样的大河，但是这条蜿蜒曲折的小伊茶马缇，随着雨的节奏流动的小河，我正逐渐让它成为我所有……

天色已晚，天空中阴云密布。隆隆的雷声断断续续地传来，狂风吹过，野生的木麻黄树丛像波涛般起伏，一浪接着一浪。竹林深处，看上去如墨一般漆黑。苍白的暮色在河面上闪烁，如同某种超自然的事件将要发生。

昏暗中，我伏在案上写这封信。我想轻声低诉、亲密交谈，来配合黄昏的影影绰绰。但正是这样的愿望，使一切努力徒劳无功。愿望要么完全实现，要么一点也实现不了。这也就是为什么准备打一场严酷的仗容易，而说一些毫无结果的话反而有困难。

谢里达
1895 年 8 月 14 日

工作很重要的一点就是，为了工作，一个人必须将私人的苦乐看轻，真正地、尽可能地忽视它们。这让我想起了在沙扎德普发生的一件事。有一天早晨，我的仆人来晚了，对于他的迟到我很生气。他走过来站在我面前以通常的问候请安，用微微哽咽的声音解释道，他八岁的女儿昨天夜里死了。然后，他拿掸子开始收拾起我的屋子来。

在工作场所，我们看到有的人经商、有的人耕田、有的人挑着担子，然而在这一切之下，日复一日，流淌着一条死亡、忧伤、损失的暗流，悄无声息。如果有一天，这些事情压制不住而浮出表面，那么所有的工作就得立刻停顿。个人的忧伤在下面流淌，上面是一条坚硬的石轨，责任的火车载着人类的重担隆隆走过，除了指定的车站外，不为其他一切停车。这种工作的残酷性，也许证明它是对人最严肃的安慰。

库什提
1895 年 10 月 5 日

只以外在的经文形式传来的宗教，永远不会成为我们自己的。我们和它唯一的联系是习惯性的。从心底里皈依宗教，是人生中一次伟大的冒险。它必须在极度的痛苦中诞生，在他生命的血液中存活，然后不论它是否为他带来幸福，人的旅程将在圆满的欢乐中结束。

虽然“真理”的庙宇在我们心里，一天天一块砖一块砖地砌起来，但我们却很少体会到。与此同时，我们从别人那里听来的或是自己不断重复的那些东西有多么虚伪。在流逝的时光中，把苦乐孤立开来看待的时候，是无法了解这永远建造的神秘的，就像把一句话分解成一个字一个字去读，就读不懂了。

一旦发现了这个创造计划的统一性，它正在我们里面进行着，就能体会到我们和遍及一切的宇宙的关系。我们体会到我们和在轨道上运转的星辰一样，也处在被创造的过程之中。我们的愿望、我们的痛苦，也随即在这个整体里找到它们恰当的位置。

我们也许无法确切地了解正在发生的事情，甚至不能确切地了解一粒尘土。但是当我们感到体内的生命之流和外界宇宙的生命是一体的时候，我们所有的快乐和痛苦看起来，便是穿在一根喜悦的长线上了。我存在、我运动、我生长这样的事实放大来看，和世上的一切都是息息相关的，甚至连一粒最小的原子也少不了我。

我的灵魂与这美丽的秋晨、浩瀚的光辉之间，也有着一种密切的亲属关系；这一切色彩、芬芳、音乐，不过是我们秘密交流的外在表现。不论是否能被体会到，这种不间断的交流，都使我的内心处于永远的运动状态之中；在我的内心和外界的沟通里，我领悟了这种宗教，能领悟到多少取决于我的能力。在它的照耀之下，接纳那些经文之前，我得要对它们先进行一番考察才行。

谢里达
1895年12月12日

有一天晚上，我正在读一本英国的文学评论，里面充满了对诗歌、艺术和美等各式各样的争论。艰难地读完这些矫揉造作的讨论之后，我疲倦的脑子仿佛走进了一个到处都是嘲弄的鬼脸的空幻地带。

夜色已深，我砰的一声合上书，把它丢到桌上，然后吹灭了灯想上床睡觉。灯刚灭，月光便从洞开的窗户一泻而入，我不禁为之惊颤。

那盏小灯曾经冷冷地讥笑过我，就像那个靡非斯特[①]一样。这个极小的讥笑，竟然把这从蕴含在整个世界深沉的爱里流出来的无限的欢乐之光给屏蔽掉了。我到底在那本空洞啰唆的书里找些什么呢？这充满了天空，一直在外面静静地等着我的，才是我真正要的啊！

如果我不开窗就上床睡觉，因而错过了眼前的一幕，它也会依旧等在那里，不对里面那盏讥笑的小灯提出任何抗议。甚至于即使我一辈子对它视而不见，让那盏小灯胜利到底，直到我最后一次摸着黑爬上床去，即使在那时，月亮也仍会在那里甜美地微笑着，平静而谦逊地等着我，和它亘古以来一样。

---

① 诗剧《浮士德》中的魔鬼。——译者注

The realisation of life

Rabindranath Tagore

图书在版编目（CIP）数据

生之实现 /（印）拉宾德拉纳特·泰戈尔著 ; 王瑜译. -- 北京 : 北京时代华文书局, 2018.2

ISBN 978-7-5699-2192-2

Ⅰ. ①生… Ⅱ. ①拉… ②王… Ⅲ. ①诗集－印度－现代 Ⅳ. ① I351.25

中国版本图书馆 CIP 数据核字 (2018) 第 000956 号

诺奖得主人文译丛：

生之实现

SHENG ZHI SHIXIAN

著　　者 | [印] 拉宾德拉纳特·泰戈尔
译　　者 | 王　瑜

出 版 人 | 王训海
丛书策划 | 邵鹏军
责任编辑 | 周连杰
特约编辑 | 廖　丹
装帧设计 | 格林文化
责任印制 | 刘　银

出版发行 | 北京时代华文书局　http://www.bjsdsj.com.cn
北京市东城区安定门外大街 136 号皇城国际大厦 A 座 8 楼
邮编：100011　电话：010－64267955　64267677

印　　刷 | 三河市祥达印刷包装有限公司　0316-3656589
（如发现印装质量问题，请与印刷厂联系调换）

开　　本 | 880mm×1230mm　1/32　　印　　张 | 7.75　　字　　数 | 150 千字
版　　次 | 2018 年 7 月第 1 版　　印　　次 | 2018 年 7 月第 1 次印刷
书　　号 | ISBN 978-7-5699-2192-2
定　　价 | 38.00 元

版权所有，侵权必究